곰곰
호흡

방촌 문학 제1집

초판 1쇄	2015년 11월 20일

지은이	고옥귀, 김완현, 김호동, 유윤수, 원연희, 최상만, 최점희
펴낸이	고옥귀
펴낸곳	방촌문학사
편집인	최상만
출판등록	2015. 9. 16(제419-2015-000015호)
주소	강원도 원주시 소초면 교항공산길 21-10
전화번호	033-732-2638
이메일	dhdpsm@hanmail.net
인쇄 및 제작	㈜북랩

ISBN	979-11-956531-2-6 03810(종이책)	979-11-956531-3-3 05810(전자책)
	979-11-956531-6-4 04810(세트)	

이 도서의 국립중앙도서관 출판예정도서목록(CIP)은 서지정보유통지원시스템 홈페이지(http://seoji.nl.go.kr)와
국가자료공동목록시스템(http://www.nl.go.kr/kolisnet)에서 이용하실 수 있습니다.
(CIP제어번호 : CIP2015031064)

방촌문학

제1집

문학과현실작가회

방촌문학사

'방촌 문학'에 부쳐

'방촌'은 조선 시대 청백리의 표상인 황희정승의 호이다. '문학과현실작가회' 동인지를 '방촌 문학'으로 이름 지은 것은 계간지 〈문학과 현실〉을 방촌 선생님의 후손이 발간하였고, 이를 통해 등단한 문인들의 문학적 지표로 삼고, 깨끗한 문학을 지향하고자 함이다.

문학은 수용적 지평에 대한 개인적 세계의 보편화가 아닐까 생각한다. 문인이 넘쳐나는 시대에 순수한 문학 활동을 지향하기는 쉽지 않겠지만, '방촌'의 정신을 생각하는 작가들이 모여 작은 떨림을 만들고자 한다.

문학은 문학으로 남아야 한다고 생각한다. 시가 읽히지 않는 세상에 누군가의 가슴에 작은 울림을 줄 수 있는 단 한 줄의 글을 쓰는 것을 목표로 삼아야 한다. 독자의 가슴에 순수의 씨앗 하나 심을 수 있어야 한다. 그런 문학을 하고 싶은 것이다.

세상이 변해도 변하지 말아야 할 것이 있다. 그 중 하나가 문학을 하는 사람들의 정신이 포함된다고 생각한다. 인기에 영합하여 몇몇 시인만이, 서점에 꽂히는 작가만이 문학을 하는 것은 아니다. 깊은 산 속 한 송이 꽃으로 피었다 지는 꽃도 아름답기는 매한가지다.

독자의 지평이 문학의 수준을 좌우하는 것은 분명 아니다. 독자

가 좋아하는 글이 문학성이 높다고는 할 수 없다. 클래식보다 대중
가요가 음악성이 높다고 할 수 없는 것처럼. 그렇다고 대중음악이
음악성이 없는 것이 아니듯, 그 나름의 가치가 있다는 말이다. 하
지만 우리는 클래식과 같은 문학을 추구하고자 한다.

　고독한 싸움이 될 것을 모르는 바는 아니다. 외로움도 문학의 일
부라고 생각한다. 언젠가, 어디선가 꽃피울 것을 기대하면서 아직
더 영글어야 할 꽃씨를 뿌리는 것은 성급함이 아니라 게을러지지
않기 위함이다.

　높은 파도에 갈 길 먼 망망대해를 향해 닻을 올리는 '방촌 문학'
이 순항하기를 바란다.

2015. 10. 31
문학과현실작가회 일동

목차

제1부

시

고옥귀

농부

해마다
일구는 농토
지칠 만도 한데

삼월이면
중독인 듯
밭으로 간다.

봄날
해는
길건만

떨어질세라
허리에
동여매고

잠든
흙
일구느라 손길이 바쁘다.

이마에는
구슬땀이
송, 송
서녘에
해지듯이
오는 가을에

들판에는
황금빛
물결

풍성한 수확

꿈꾸며

농부는 이른 봄부터 설레인다.

자전거
한 대

플라타너스 가로수
길
자전거 한 대

물레방아 돌아가듯
땅 짚고
돌고 도는 두 바퀴

어디를 가는 걸까
거침없이
달린다.

구름도
따라가고
나도 따라간다.

닭과
참새

아침이면
닭장 안에는
참새 떼 한 무리

닭 모이
날쌔게
쪼아 먹고

철조망 사이로
후드득
날아간다.

떼를 지어
날아가는
참새 떼

멀그머니
바라보는
닭

매섭던 눈빛이
서러워진다
참새 날갯짓이 부러웠을까.

닭장 너머
세상이
궁금했었던 걸까.

오래된
다방

건너편
길에는
오래된 다방 하나 있다.

커피 향
진하게 퍼지는데
손님은 없고

오가던
동네
아낙네들

은근슬쩍
자리 잡고
앉는가 싶더니

샘물처럼
쏟아지는
수다가 한창이다.

입에서
달구어 내는
입바른 소리들

할 말 다하는
동네 아낙네들
정치인이 따로 없다.

달
팽
이

달팽이는
등에다가
집을 지니고 다닌다.

무거운 듯
끈적끈적 기어 다니는 몰골이
구역질 나게 욕심스러워 보인다.

새끼 달팽이를
본 적이 없어서
어린 달팽이 등에도 저럴까 싶다.

집을
등지고
살아야 할 운명이라면

달팽이는
이 시대
영웅이다.

전세
걱정 없이
살아가는

구역질 나게 욕심스러워 보이면 어때,
이 시대 영웅인 것을

갈
매
기

수심 깊은
바다는
물밑도 어두운데

먹이 사냥
나선
갈매기

허공을 날며
탐색하는
몸짓이 절박하다.

존재의
아픔

어머니의 문이
열리고
감격스런 생명 하나

세상에
태어났다는 표정일까.
우렁찬 울음소리

울지 않고
태어나는
아이는 없다.

존재하는
의미는
애당초부터 아픔이었던 걸까.

온갖 것에서부터
자유롭지 못한
아픔

존재한다는 것은
아픔이다.
지독한 아픔이다.

술

고요 속에
술은
넘치고

외로움은
술에
젖어드는데

빈
가슴
채울

한 잔
술은
어디에

술,
그
침묵이여!

술,
그
출렁거림이여!

가
랑
잎

가랑잎은
물기
한 모금 없다.

만지기만 해도
바스락거리는 소리를 내며
형체도 몰라보게 부서지고 만다.

바람의 기억 속에는
앳된 잎새의 모습
그대로인데

그
기억마저
떨쳐 내고 싶도록 초라해진 가랑잎

돌아올 여름에는
또 다른
잎새 되어

스치고
지나갈 바람에
짧은 입맞춤이라.

가랑잎은
늙은 형체를 흔적 없이 버려도

꿈을
잃지 않는다.
다시 만날 바람 한 점을

바람이고
싶소이다

바람이고
싶소이다.
바람이고 싶소이다.

이름 없는 바람 되어
산등성 등성이마다 한 바퀴
산바람이라도 되고 싶소이다.

바람이고
싶소이다.
바람이고 싶소이다.

무늬 없는 바람 되어
출렁거리는 바다 한 바퀴
어부의 얼을 닮은 바람이고 싶소이다.

바람이고
싶소이다.
바람이고 싶소이다.

이름도 없고
무늬도 없는 바람 되어
세상 한 바퀴 돌아가면 그뿐.

피는 듯
지는 저 꽃

더는 가 닿을 수 없음을

가도 가도 가없음을

모를 리 있을까만

길마가지나무 꽃[1]

홀로 울게 버려두자

모가지 더 휘기 전

눈물 새암 꼭 틀어쥐고

차라리 이쯤에서

활활!

목 꺾어 요절함도

너 기꺼이 홀로 둚은

화무花舞 중에

천상에서 간택 받은

청상 가인 아니더냐.

---

1) **길마가지나무 꽃** : 인동과에 속하며 길을 막는 가지라는 뜻이 있으며 향이 강해 지나가는 사람
   을 막아서기 때문에 이렇게 이름 지어 불렀다고도 함. 꽃 모양새는 마치 발레리나가 황금색
   토슈즈를 신고 춤추는 모습을 닮았다고도 함.

꽃
비

한 며칠을 밤도 낮도 없이…
식음 전폐하고 써내려간 色色의 연서들
삽시간에 낭자하다 꽃그늘에 나붓하니
저마다 사연 깊은 화인花因입니다.
저 황홀한 육시肉詩와
몸의 언어들
빗속으로 물속으로 스미우고 슬리우다
물이 되고 결이 되고 그러다
젖은 저 어느 시인의 마을
물비늘로 떠
오롯한 눈물이 되기까지…
한세상 화안하니 투영하던 그대
슬픔도 비로소
꽃이 될 테지

사
월

억장 무너지던 거기

왈칵,

혼불마저

토혈하듯

슬픔으로 앙다문 옹이마다

쪽문 열어젖히더니

울음 쥔 색색色色의

당신,

멍울 고운 어깨너머

온통

꽃이더이다.

절절하고 애애하여 차마,

떨구고 가지 못한

절벽 위 그

말씀

가슴 온통

소요로운 시절입지요.

봄
날

목련 꽃잎 떨군 자리

무덕무덕

꽃무덤 짓무르고

슬픔의 생저리[2] 달빛인지 물빛인지

미처 다독여 보내지 못한 말

홀로 홍건타

꽃의 언어로도

고일 수 없는

모퉁이의 생이란 걸

모를 리 있었으리야마는

까닭 없이 그대 무른 자리

수수꽃다리 수수꽃다리

낭자히 피어남은 또 어쩌겠는가.

---

2) 생살 앓이, 생으로 앓아낸 자리

그리 고이고 피고 짓무르다

비리디 비린

봄날은

간다.

꽃불
놀이

얼마나 많은 꽃들이 피고 지고 눈물지며

얼마나 많은 세월 낙수로 젖어들어

정수리 귀밑머리 더운물 흥건할지

아릿한 코끝으로 당신 머릿결 쓸어내릴 즈음에사

어미 속내 겨우겨우 알아내곤

간절했을 그 기도 따라 올려봅니다.

떠나실 때 가까우니 꽃가마와 천군천사 내게 보내 달라시며

어린양 칭얼칭얼 부려대곤 하시더니

무엇 타고 오르셨나.

꽃들마다 다투어 시샘하듯 피어나던 그야말로

꽃피는 춘삼월에 꿈결처럼 꽃길마다 꽃 수놓고 가시더니

그 계절 물꽃인 듯 당신 모습 피어나는 봄날은 여직인데

귀밑으로 정수리로 하얗게 새하얗게 흰 꽃 만개 피어올라

이른 봄을 맞습니다.

엄마,

거긴 지금 어때요?

꽃만 보면 좋아라 좋아라 꽃처럼 웃으시다
꽃밭에 앉으시면 꽃이 되곤 하시더니
거기
꽃밭에 앉은 거유?
그런 거지 그런 거 맞지?
내,
꼭 그럴 줄 알았다니…
당신 여식 머리 위에 꽃불놀이 한창인 거
알고나 계시구려.

그
길

무너져 내려 본 사람은 안다.
좀 더 무너져 내려야 할 것들이 남아 있다는 걸

산산조각이 나 본 사람은 안다.
아직 너무 많은 조각이 남아 여전히 서로에게

모진 걸림이 되고 있다는 걸

산산이, 산산이
가루 속 가루 되어 흔적조차 없어지고 나면
비로소,

거듭날 수 있다는 것을
아득~~하니 그 길 멀지만

간다.
그렇게 흩어질 그곳

흔적 없음을 향해

더불어 살기

급하게 먹은 것도 그렇다고 가시째 통째로 씹어 넘긴 적도 없건만

밥상 위 유독 싱싱해 보이던 물의 것을 참 맛나게도 먹었다 싶었는데

하필이면 가슴과 가장 가까운 목구멍 너머 그 깊은 자리에 거꾸로 처박혀

몇 날 며칠 울음대를 쑤셔대고 따끔따끔 시 없이 때 없이 더운 물 차오르게 하는지

작디작은 생선 한쪽 숨겨졌던 살가시가 참 독살도스러웁다.

그것 하나 밀어내려 찬밥 덩이 삼키기를 된 몽돌 삼키듯 수차례 넘겨보고

닿지도 않을 손가락은 또 얼마나 쑤셔대었는가 억지억지 구토를 일으키며

쏟아낸 눈물로 어느새 온몸이 흥건하니 물것 하나 잘못 집어삼킨 것이

보이지도 가려내지도 못한 비린 것 하나가 슬픔을 통째로 뽑아내려는지

 내 흥건한 비린 물들을 더 깊은 곳으로 이끌어 수장이라도 시키
려는가 본데

 에라, 너는 너대로 나는 나대로 함께 흘러들자 그깟 가시 하나
꿀꺽!

 흉장 속에 삼켜두고 아프면 아픈 대로 찔리면 찔리운 채 비릿하
니 울컥하니

 웃다가 울다가 더불어 범벅

12
월

엊그제 때 없이 내린 눈으로 그늘진 곳곳 하마도
잔설로 후미진 능선 여전히 희디희게 글썽이더군.
다행스런 건 아직 12월
침 묻혀 써내려가던 흑연의 연필심이 아직은 살아 뜨거워
가슴께서 힘주어 불 뜸 놓는다.
매일 아침 쌀 씻어 뜨끈한 상차림에 헛배까지 채워가며 너,
얼마나 배불리웠던가 삼시 세끼는 물론하고 영양식에 건강식에
더하여 간간이 허기진 세상사라 간식까지 챙겨가며 누린 끼니는
또 얼마런가.
먹고 입을 것 염려하지 말라시는 그 정한 경계와 네 이웃과 형제
사랑하기를
네 몸 같이 하라시는 귀에 걸고 열락을 즐긴 허물어질 육신의 우매,
호호 탐탐 안락에로의 중독 고백이라도 아니하면 저 몹쓸 자기
애와 교만 그 쓸쓸함을
어찌어찌 지고 이고 문턱 넘어설 수 있으리 싶어, 내가 네게 네
가 내게
닌즈시 슬퍼지는 동점!

새
벽

때로 멀고도 먼

사막의 한가운데 낙타의 발자욱으로

모래 언덕의 눈 깊은 그림자로 찾아와

그 어느 시절 뜨거운 입김으로 달의 자궁을

누군가의 속것인 양 벗어놓고 자욱 없이 사라져간다.

북극 별 또렷이 눈 씻어 내릴 즈음 생살로 꼭 쥐었던

시푸른 그, 뜨거웁고 먹먹했던 언약처럼

가을
낙관

연이은 가을비에 온통

나무들은 오진 몸살이라도 알아낸 게지.

지상地上의 젖은 통증들 직인이라도 찍어두려는 듯

천착처럼 달라붙어 한 시절 들끓던 푸르른 날

火印으로 빛바랜 채 나뒹구는 풍진 낙엽 낙엽들,

저 소리 없는 하소 하나씩 둘씩 내 마른 흉장 속

젖은 낙관으로 새기며 나보다 먼저 서둘러 천둥처럼

하늘로 바다로 어디로든 감쪽같이 떠난 이들과

혼적 없는 족적들 누군가의 내생인 양

한가슴 빛부심 눈물로 고루 찍어

밝혀 둘 밖에

유윤수

정

첫사랑 초가집 처마 끝에
무직하게 매달린 고드름은
조금씩 얼어붙은 정 때문에
남들이 보란 듯 달아놓고

뒤쪽 구석에 고드름은 알게 모르게
매달려 사를시 눈물 되어 사라진다.

정이란 서서히 왔다가 이별도 모르게
가야지 무직한 가슴앓이 보란 듯 가신다면
동강 난 고드름처럼 보기가 흉하지 않은가?

인생은 정으로 엮어서 정으로 마감하는데
뒤돌아 올 수 있는 정 하나 남기고 가자.

세월은
간다

세월은 우주톱니에 물려 한 발짝도 후퇴 없이 전진만 한다.

때로는 쉬었다가 가도 좋으련만 어림 수작도 떨지 말고 타란다.

목표가 정해진 인생은 느리다고 하고 무의미로 보내는 사람은 빠르다 한다.

한번 타면 근심 걱정 버릴 날 없고 웃음 한번 크게 웃지 못할 험난한 레일에 얹혀

어디가 종점인지 정해진 역 없고 자칫 이탈하면 요단강 푸른 바다 나룻배에 태워

돌아올 수 없는 곳 그냥 그곳이 천당이니 지옥이니 하지만 갔다 온 사람 아무도 없어

믿을 수 없으니 십자가와 부처도 선택 못 하는 나 홀로 믿음 나만 속이지 말고 살고 싶다.

우주는 인간을 탄생시켜 혼자 가기 심심하여 같이 동행하자고 세월 열차를 운행하고

인간을 태워 혹독한 승차요금을 징수한다. 채비가 부족하여 종착역까지 무사히 도착하련지

아직도 우리는 무엇을 찾고 있다.

토네
이도

나무 울음과 함석지붕 날리는 소리
강추위가 바람을 동반한 폭력입니다
말리는 사람 없고 바람소리만 엿듣습니다.
낙엽들 꾼 가지는 해보란 듯 배짱을 부리며
흔들고 춤을 춥니다.
화난 바람은 좀 더 힘을 모아 밀어보니
무거운 울음소리와 앓는 소리만 낼 뿐 화해는 없는 듯
잠시 후
바람은 회오리로 변신 가로수 전봇대 주택
심지어 자동차도 들어 뭉개 버리고 뒤도 보지 않고 사라지니
잠잠한 도시가 쑥대밭이 되었고 전기마저 끊어진 암흑 속에
장대비가 아픔을 달래듯 사람들은 한숨과 통곡으로 구급차에
실려 가고
헬기도 구조 활동으로 난리 통입니다
단지 우주가 재채기했을 뿐인데 자연은 조금도 불편 없이
순응했건만 인간은 자연을 훼손한 파괴의 주범임을 모르고
원망만 합니다.

보톡스
주사

보송보송한 탄력 있는 피부를
얼마나 갖고 싶을까

엄마가 만들어준 꽃망울도
터진 지가 몇 년인가 그 속에
내 자식도 꽃핀 지가 몇 년인가

고무줄 같은 인화印花라 해도
색깔이 변해 윤이 없어 보여
100세 사는 세상 이대로는 아니지

처다보면 딸과 며느리 친구가 되고
늙음이 젊음으로 후퇴한 세상인데
이제는 외부보다 내부에 걸맞은
보톡스 주사는 없는지
은근히 기다려지는 세상 속마음이다.

누에
사랑

봄이 시작될 무렵 5월이 되면 농촌에 먹을 양식이라곤 전멸하다 시피 메말라 들판에 나가 쑥을 뜯어 쑥 배를 채워야 하는 고달픈 세월이 있었다. 그때가 1970년 이전으로 알고 있는데 그 시절 5월 엔 뽕잎이 하나둘 필 무렵 마을에 누에가 나왔다. 우리 집은 4장 누구 집은 1장, 반장 누구나 그 보물을 길러 보고 싶어 환장할 지 경이다 왜냐하면 돈이 금방 된다는 이점이 있기 때문에 뽕이 없는 집에서도 누에씨를 청구하여 산 뽕 혹은 남는 뽕을 주워서 먹였다 그래서 자고 나면 뽕잎 도둑을 맞았다고 아우성이다 인심이 여간 사납지 않았다 다행히 우리 집은 뽕나무를 길러서 누에가 먹을 양 만 종자를 청구하여 길렀는데 어린 나는 그 당시 초등학교를 다니 고 있을 무렵이라 항상 엄마가 하시는 일을 책가방 던져놓고 가사 돕는 것이 나의 일과 어린누에는 종이에 씨알이 붙어있어 이것을 밥상 위에 하얀 종이를 깔고 2~3일 지나면 개미 새끼처럼 꼬물꼬 물 거리면서 움직인다. 그러면 이놈을 닭털로 슬슬 쓸어 모아 함지 박에 올려놓고 부드러운 뽕잎을 아주 잘게 쓸어 누에 위에 뿌려주 면 뽕잎을 갉아먹고 자란다. 누에 방 안 온도는 23.5도가 좋다고 하는데 뽕잎이 자라는 속도와 누에가 자라는 속도가 서로 맞아 떨어져야 배를 굶지 않고 자랄 수 있어 누에가 크는 동안에는 보통 바쁜 게 아니다. 하루에 4번 정도는 밥을 주는데 밤에 자다가도 줘야 한다. 누에가 밥 먹을 시간에 먹지 못하면 성장 후 고치를 짓는 데 실패를 보기 때문에 무슨 일이 있더라도 밥을 굶기는 일이 없도록 최선을 다한다. 비가 오는 날이면 비 오기 전에 뽕잎을 충분히 따서 뜨지 않게 그리고 뽕잎이 마르지 않게 습도를 잘 유지하면서 양을 맞춰 나간다. 이렇게 28일을 주야로 먹고 나면 개미 같은 몸이 중지 손가락 만하게 자라서 몸속이 멀겋게 노란 명주실이 몸속에 차여 있는 것처럼 보이면 밥을 먹지 않고 고치를 지으려고 머리를 흔들며 집을 찾는다. 그러면 준비해둔 청솔가지나 기계로 제작한 섶에 한 마리씩 옮겨주면 멀리 가지 않고 보금자리를 찾는데 여기서 먹을 양을 못 먹었거나 병이 들었거나 하면 집 지을 생각도 않고 돌아다니고 옆 친구들 방해하고 잠자리에 나와 밟혀 죽는 일도 볼 수 있다. 그래서 시간 동안 정확하게 먹이를 주었는가. 어떤 사람은 뽕잎에다 애비오제 영양제를 물에 녹여 뽕잎에 뿌려 먹여 누에가 다른 집보다 월등히 크게 자라서 고치를 크게 얻을 수 있었다는 경험담도 들려오곤 했다. 이렇게 누에가 자기 집을 짓고 보이지 않게 일주일 되면 누에는 번데기로 오므라들어 휴식을 취하는 시간을 보내다 고치 공매에 나가 등급을 받아 농사지은 대가는 어려운 가정에 식량으로 대치하였고, 이어서 공장에서 명주실을 뽑아 비단옷을 만들고 애벌레는 고단백질 번데기로 입맛을 돋우고 있다. 이렇게 복잡한 누에 사업을 그 당시 나라에서 적극적으로 붐을 일으키다 인조가 나일론에 밀려 고품격을 맞출 수 없어 지금은 별로 하지 않고 누에를 기르다 중충 정도에서 급랭시켜 건강식품으로 탈바꿈되어 가는 추세다. 나는 이런 누에가 얼마나 사랑스러운지 모른다. 순수한 뽕잎만 먹고 자랐고 조금이라도 오염이 되었거나 물기가 많다거나 생활 온도가 틀리거나 양을 정확하게 먹지 못했다면 아무리 고생한들 인정을 해주지 않는 정직한 책임 있는 생물이기에 너무 사랑스럽다 누에를 모르는 분은 징그럽다고 하는데 절대 그렇지 않다 누에 피부는 아주 부드러운 갓난아기 피부와 같고 약간 차가운 느낌과 탄력감이 느껴지며, 독이 없고 물지도 않으며, 감촉이 좋고 사람의 정성을 먹고 자란다고 해도 절대 틀린 말은 아니기에 누에를 기르는 동안은 가족이 늘었다고 생각할 수 있다.

동
창
회

파릇한 새싹 새움 돋아 외칠 때

갓 난 봉우리 손자처럼 곱다

그래서 봄은 기다림 계절

가족 만나는 기쁨이랄까

매년 정해진 만남 수 줄어들고

고향 떠난 연어가 제집을 찾듯이

오기는 오는데 전부가 아니네.

살다 보면 물 흐름에 우여곡절 없을까

그래도 만남의 물줄기는 살아있음을 행복이라 해야지

동창생 만남은 저수지와 같아

각지에 모인 맑은 물도 이 자리엔

뿌연 물로 혼탕 되어 잡품 몇 마디 듣다 보면

아쉬움이 교차하지만 함양을 머루나무처럼 늘려보면 하미앙[3]이
되지

머루와인 숙성 동굴에서 친구들의 우정도 숙성시킬

---

3) 경남 함양에 있는 '두레마을'이 빚은 산머루 와인과 산머루 농장 이름

추억 사진도 남기고 남원의 춘향이 명소에서 옛사랑 추억도 떠올려보며

겸연하게 잠수함 같은 잉어도 사람으로 변한다는 전설이 실감난다.

얼큰한 계피 추어탕과 남원 막걸리 한 사발에 작별 인사 겸 손가락 걸고 굿바이

달리는 버스 안에서 웃지 못할 사진을 보고 많이도 배운다.

커다란 오이가 몸살이 난다고 신호가 와 오늘은 인산가[4] 머루주 한 잔에 피로를 풀자.

---

4) 경남 함양에 본사를 두고 있는 죽염 종가 이름

오월은
생명의
달

봄이 온다고 꽃피고 꽃 지니 푸르구나,
사월의 잔인한 성격은 피할 수 없었고
오월은 무조건 흙과 친해야 양식이 되는 달
모종 씨앗을 하루가 늦도록 심다 보면
개구리 울음에 연장을 챙기고 시동을 걸어
아직도 오월의 땅속에 들어갈 씨앗들을 뒤져본다.

복합
농장

욕심 많은 놀부농장에는
없는 것 빼고 다 있다.
나무부터 과일 채소
약초 블루베리 상추
돌아서면 부르는 소리
한창 자랄 땐 자갈도 소화가 되지
대가족 경험은 없어도
말 잘 듣는 너희들도 힘든데
말만은 자식들은 오죽했을까?
잡초와 뒤엉켜 목만 내밀 때
내 가슴은 편하지 않아
겨우내 잠자던 씨앗들이
땅 내음 맡고 젊은 패기로
두 팔 벌려 만세 부르면
마음이 흐뭇하지
근데 내 몸은 하나고 너희들은

30수 그렇다고 너희가 내 월급 주냐
월급은 회사에서 부식은 농장에서
복합농장 나에겐 즐거운 건강 지킴이야.

채
석
강

육신을 채칼로 쓸어
바다에 던지고
바라보는 수평선 노을도
파고 품에
세월을 보낸다.
얼마를 던져야
상처가 아물까?
바다는 철석 미련을
남기고 있다.

어머니
사랑

홀로 얼마나 적절하실까
아빠 없는 빈자리 막내로 태어나
잠자리 들 때면 팔 베게 졸라
엄마 젖 만지면서 꿈속으로
머리만 닿으면 코를 드렁대는
엄마의 외로움 잊는 묘책인가
한잠 자고 새벽 닭 울음소리가
부스럭 요강 위에 앉아 쪼르르
엄마의 향기가 후각을 덮칠 때
선잠을 깨운 엄마는 이불을
덮어주며 더 자라 하셨는데
지금은 그 향기 찾아볼 수 없어
늘 엄마 생각 떠올라.

말
벌

당신은 어디서도 불청객이야

덩치만 크고 싸움만 잘하지

이로움은 하나도 없고

산에서도 그렇고

밭에서도 그렇고

집안에서도 그렇고

아이큐가 낮아서 제 몸 죽는 줄 몰라

구월의 포도 향기가 말벌 코를 두드리면

봉지 속 포도를 통째로 틀어박고

뱃속 가득 꿀을 채우고서

벌벌 기어 다니다가 주인한테 들키면

윙윙 위협을 주지만 쏘지는 못하잖아

유인한 페트병에 설탕물 넣어 두면

머리 박고 빨다가 나오지 못하고 벌벌 떤다.

죽는 너를 바라보면 깨소금 맛이야

그러다가 잘못 한방 얻어맞는 날이면

너도 승자가 될 수 있어 늘 조심을 염두에 두고 산다네.

전
심
田審5)

농부야 내 마음을 알고 있느냐
나를 찾는 발자국 소리가
콧노래를 부르는지 짜증스런 모습인지
너의 마음은 나의 마음속 거울에 받힌다!

들리는 발자국 소리에 자라고
구석구석 긁어주는 시원한 맛에
뜨거운 태양 아래 바라는 양식을 키우고
일주일만 지나면 알지 못하는 잡초가
몸통을 괴롭히고 숨통을 조인다는 것

밭에 오거들랑 당장 먹을 것만 보지 말고
숨통 조이는 가새풀 있는지 살펴다오
그러하면 너를 위한 나는 한결 부드러운
대가로 웃음이 나올 거야

---

5) **전심**田審 : '밭을 살피다'의 조어

오늘은 제초제를 뿌리는 소리에 오금이
절여왔지 행여 나에게 사약이 튀지 않을까
다행히 내 곁을 피하고 갔지만 마음은 편하지 않네.
그렇다 워낙 잡초 군이 왕성하니 일시적 숨 고르기엔
그 방법도 필요하지, 성장을 위한 작전으로 말일세.

최상만

쉼
표

앞만 보고 달리기에
우리의 삶은 너무나 아름답지 않은가.

새하얀 향기의 아카시아 꽃길에
뽀얀 이내 내리는 저녁 무렵에

가슴이 떨리지 않는 삶은
너무나 삭막하지 않은가

별빛 가득한 밤하늘을
함박눈 내리는 오솔길을

그냥 지나치기에는
우리의 삶은 너무나 향기롭지 않은가.

빨래를
하며

쌓여 있는 빨랫감을 뒤척여 본다.
지난 삶이 부스스 깨어나고
먼저 마중을 나오는 땀내들 속에
스멀거리는 과거가 진눈깨비처럼 추적거린다.
세제 거품 속에서 추억이 되지 못한 아픔이
꾸물꾸물 땟국으로 퍼진다.
꼼지락거리며 고개를 드는 삶의 흔적들
삶의 영수증 같은 빨랫감들
어떤 빨랫감에는 부지런한 삶이
어떤 빨랫감에는 게으른 삶이 묻어 있다.

하루하루를 어떤 삶으로 채울지
선택은 자유다.
지우고 싶은 삶으로 채울 수도
기억하고 싶은 추억으로 채울 수도 있다.
현실은 아무도 대신해 주지 않는다.

꽃도 저 혼자 피고 진다.
빨래를 하는 일은
과거를 굴레 지우는 것이 아니라
묵은 삶을 덜어 내는
자신만의 향기를 만드는 일이다.

방
황

이리 채이고
저리 차이는 돌맹이처럼
가슴 속에서 들리는 바람 소리
이리 쓸리고
저리 흔들리는 나뭇가지처럼
걷잡을 수 없는 마음
세상 어디에도 기댈 곳 없다고
황량한 들판에 홀로라고 생각하다가
문득
세상은 결국 혼자 걸어가는 것이지
나무들도 외로워서 무리 지어 살지 않는가.
좀 늦으면 어떤가.
좀 돌아가면 어떤가.
우리는 모두
언젠가는
고향으로 돌아가는 것을

회
귀

우리가 나눈 대화는
하나의 사연이 되어
어디선가 의미를 만들고
소문처럼 떠돌다
결국 우리에게 돌아온다는 것을.
우리가 나눈 눈빛은
미소가 되어
어디선가 웃음을 만들고
웃음소리로 떠돌다
메아리처럼 되돌아온다는 것을
던지면
되돌아오는 부메랑은
이미 알고 있었던 것일까.
지금 우리가 뿌리는 씨앗이
어떤 모습으로 싹 틔울지는
오롯이 자신에게 달려다는 것을

우리를 둘러싼 작은 만남들이
돌고 돌아 자신에게 돌아오리란 것을
멀리 던질수록
멀리 되돌아오는 부메랑은
이미 알고 있던 것일까.

꽃
달
임

꽃잎 하나 떨어졌다.
슬퍼할 일이 아니다.
씨방에 점 하나 찍었다.
새로운 생명이 시작된 것이다.
축복의 시간
사람들은 꽃잎 전을 부쳐
둘러앉아 기쁨을 나눈다.
꽃씨는 밤잠 설치며
별을 헤아릴게다.

팽목항
에서

-세월호 참사 1주기에

올해도 진달래가 붉게 피었습니다.
애끓는 마음이 함께 피었습니다.
눈감으면 보이는 그 절절한 그리움을
눈물로 씻을 수 있을까요

꽃은 피었다 져도 슬프지 않습니다.
다시 피어날 기다림이 있기 때문입니다.
손 내밀면 닿을 것만 같은 그 애절한 모습을
한숨으로 지울 수가 있을까요.

이름을 부르면 달려올 것만 같습니다.
꿈속에서라도 만나고 싶습니다.
마주 앉아 얘기해 보고 싶습니다.
손이라도 어루만지고 싶습니다.

진도의 동백이 선홍빛 꽃잎을 뿌렸습니다.
애환으로 얼룩진 하늘에
동박새가 서성거리다 날아갑니다.
팽목항에 파도가 잠시 멎습니다.

중요한
것은

아름다운 꽃은
꺾는 것이 아니라
그 자리에 다시 피어나게 하는 것이
사랑이다.
보랏빛 향기가 스며들 때까지
저녁노을을 바라보며
말없이 두 손 모으는 것은
침묵도 대화가 되는 것을
가슴으로 알기 때문이다.
중요한 것은
소유하는 것이 아니라
그 순간에 머무르는 것이다.
온전히[6]

---

6) 영화 '월터의 상상은 현실이 된다' 대사의 일부 가져옴.

길

바람도 길 따라 분다.

바람이 길을 잃으면 태풍이 된다.

강물도 길 따라 흐른다.

강물이 길을 잃으면 범람하게 된다.

태풍이 지나고

남는 것은

상처뿐인 꽃잎뿐

범람한 강물이 흐르고

남는 것은

유실된 농부 마음뿐

구름이 길을 잃을 때

천둥 번개를 치는 것처럼

사람들은 길을 잃지 않으면

좋으련만

텃
밭

고추도 몇 포기
상추도 몇 포기
키워 내는 조그마한 텃밭

바람도 잠시 놀다 가고
구름도 잠깐 쉬다 가고

호미 든 발자국 소리에
호박이 쑥쑥
오이가 쑥쑥

조그마한 텃밭에 자라는 농심農心

김을
매다가

며칠 못 보았더니
슬그머니 쇠비름, 바랭이들
어린 도라지를 밀어내고 터를 잡았다.

갑자기 목이 마른 이유를 모르겠다.
이 세상 어디에도
잡초를 위한 자리는 없었다.

텃밭 한자리 내어주고
함께 키우면 안 되는 것일까
망설이다 먼 산을 바라본다.

누구나 자기 자리가 있는 것이지.
자신이 뿌리내릴 자리를
모두가 알았으면 좋으련마는

카페치올라

꽃밭머리길 언덕 위에
하얀 찻집 하나

치악산 자락 아래
들꽃 향 은은한 그곳

들꽃 향기로 더욱 그윽해지는
아메리카노 향기

카페치올라[7]에 앉으면
한가로워지는 마음

꽃밭머리길 언덕 위에서
여유로운 하늘이 쉬어 가네.

---

7) 강원도 원주시 행구동 꽃밭머리길에 있는 카페 이름

너의 꽃은

현지에게

꽃은 벌써 너를 용서했단다.
네가 살고 싶은 대로
네가 갖고 싶은 대로
욕심부려도
말없이 웃으며 바라보던 그 꽃은

꽃은 언제나 너를 향기로 감싸고 있단다.
네가 가고 싶은 대로
네가 하고 싶은 대로
고집부려도
살며시 손잡아 주던 그 꽃은

현지야,
너의 꽃은 엄마란다.
언제나 어디서나 너의 꽃은 엄마란다.
네 주변을 서성이며

너를 지켜주는 등불이란다.

현지야,
너의 꽃은 아빠란다.
언제나 어디서나 너의 꽃은 아빠란다.
말없이 네 주변을 맴돌며
너를 이끌어 주는 등대란다.

최점희

꽃이
피거든

바람아, 멈추어라
햇살이여, 빛을 내려라
새들아, 기도하여라
구름이여, 모여들어라
온 세상아, 노래하여라
밤 이슥토록 별들이여,
합창 소리 울려라

꽃들이 피어나는 날
사람들아, 귀 기울여라
파도가 모난 돌을 둥글게 하듯
꽃들도 우리 마음을 낫게 하는
처방이 된다는 것을 알아차려라

좋으련만

잘못 쓴 글이라면
지워버리런만
잘못 든 길이라면
되돌아가련만
다툼이 있었다면
화해하련만
잘못 엮은 매듭이라면
풀어버리련만
꿈엔 듯 그리운 지난 시절
다시 시작할 수 있으면
오죽 좋으련만

목백일홍
그늘
사이로

꽃그늘 사이로 보이는 간격
무심한 듯 비뚤어져 구불거린다,
헝클어진 듯 얽혀있는 가지들의 견고함
그렇게 맺어진 우리들의 관계
씨실과 날실의 매듭처럼
자연스러운 질서의 구속

피고 지는 꽃송이 사이로
우주의 심연이 깃들고
붉디붉은 연정이 내려앉은 연못에는
꽃그늘이 내려와 앉았다.

화려한 꽃송이에도
숨어있는 그늘이 있음을
파르르 떨며 서 있는 자미는 알고 있다.

무더위에 지친 아낙들의 웃음소리
석 달 열흘 붉은 구슬이 되어
연못 속으로 빠져든다.

칠석이 가까워지는 여름날엔
명옥헌 뜨락에 머물며
연못 속에 가라앉은 그늘을
들여다볼 일이다.

바람이
된
아이에게

너는 알고 있니?
꽃향기에 취해 4월도 비틀거리던 그날
온전한 정신이 돌아오길 거부하고 싶었던 그날
차라리 꿈이었기를 빌었던 그 날

너도 보았니?
천둥소리보다 더 크게
번개보다 더 빠르게
우리 사이를 휘돌아 지나간
무서운 바람이 있었다는 걸

너도 느끼고 있니?
그리움에 몸부림치며 애통해 하는 어미의 가슴을
이제는 기쁨조차 고통이 되어 버린 우리의 마음을
있을 수 없는 일에 대한 이해되지 않음에
방황하며 보내고 있는 여러 날들을

너도 묻고 있니?
왜 하필 나였나?
왜 하필 너였냐?
왜 하필 우리였냐고?

너는 듣고 있니?
허공 깊은 곳을 향해 너를 부르며
몸서리치는 어미의 애끓는 울음을
바람결을 타고 전해지도록 올려 보내는
우리들의 기도를

모든 것을 다 주었던 네 어미 같은 천사들
오직 네 편이 돼 주었던 가족 같은 천사들
네가 사랑을 주고 마음을 나누었던 벗들 같은 천사들이
너와 함께 있음을 믿기에
그나마 위안삼으며 버텨내고 있단다.

아이야,
생生과 사死
어느 길목에서건
바람이 스치노라면
너의 안부인가 여기리라.

이해의
강

소리 내어 흐르는 얕은 물보다
침묵을 지키며 흐르는 깊은 강이 되리라.
용서의 사랑을 안고
조용히 흐르는 넓은 강이 되리라.
보이는 것 뒤엔 더 많은 보이지 않음이 있고
들리는 것 뒤엔 더 많은 들리지 않음이 있거늘
보았다고 다 본 것이 아니더라.
들었다고 다 들은 것이 아니더라.
오늘과 똑같은 시간은 다시 오지 않으니
살아가는 일 그다지 몸부림칠 일이 아니로다.
아우성치며 흐르는 얕은 물보다
묵묵히 걸어가는 도인처럼 흐르는
깊은 강이 되고 싶다.

여
지

餘地

조그만 땅에 꽃씨 뿌려 다독이고
흠씬 젖도록 물도 주고
연둣빛 보드라운 새순이 나오고
꽃망울 맺었다 꽃잎 벌어지면
차고 넘치는 설렘
다 돌려드릴게요.

새벽 동트는 시작부터 까만 밤 깊은 곳까지
내 마음 뒤흔드는 번민이 있다 해도
고개 들어 하늘을 볼 수 있다면
눈을 들어 먼 산을 바라볼 수 있다면
고개 숙여 작은 꽃들을 만져 볼 수 있다면
차오르는 기쁨
다 돌려드릴게요.

양파를
볶으며

기분 꿀꿀한 날
긴 머리 싹둑 자르고
라면처럼 머리라도 볶고 나면
한결 시원해지는 마음처럼
널뛰듯 하는 마음을 달래느라
양파를 볶는다.

썰다가 매운 내라도 나면
재어 두었던 눈물까지도 쏙 빼내어야지
그래 후련해진 마음 위에 양념질하여
다시 들들들 볶는다.

벗기고 또 벗겨도
새로울 게 없는 몸뚱어리처럼
원수 같은 기름 위에서
펄펄 뛰다가도 이내

수그러지는 양이
한바탕 대들고 나서봤자
그렇고 그런지라
이내 꼬랑지 내리는 내 모습 같지만

온몸을 녹여주는
달짝지근한 향에
어느새 마음은 녹록해지고
불어오는 바람결 따라
외출이라도 하고 싶어진다.

제2부
수필

고옥귀

강강술래

이천십이년 구월 삼십일, 추석날이다. 아침 차례상을 물리고 식구들끼리 앉았다. 식구라고 해봤자 남편과 나, 그리고 막내딸인데, 먹성 좋은 막내딸이 요즈음은 다이어트를 한답시고 영 밥을 먹지 않는다. 밥뿐만 아니라 간식도 사절이다. 먹성 좋은 막내딸이 먹지를 않으니 사는 것이 영 재미가 없다. 이것도 맛있고 저것도 맛있고 깔깔 웃어대며 먹어대던 게 옛날 일 같기만 하다. 막내딸과 마주 앉아서 이것저것 먹고 싶었고 에미가 해 놓은 음식을 먹을 때마다 엄지손가락을 치켜 올리며 "우리 엄마 굿!" 해주던 딸을 떠올리며 추석을 기다렸던 에미였기에 추석날 아침 밥상을 엄청 기다렸다.

다이어트를 한다고 했지만 추석날 아침 밥상에서야 다이어트 핑계로 안 먹는다고는 하지 않겠지 싶었던 에미였다. 그러나 에미의 생각은 생각으로 끝나버렸다. 막내딸이 깔깔 웃어대며 음식을 먹어 줄 기대는 강 건너 가 버렸다. 좋아하는 잡채까지 사절하니 막내딸과의 밥상은 재미가 없어졌다. 에미의 뽀루퉁한 표정을 눈치채고 막내딸은 한마디 한다.

"엄마, 내가 엄마 기분 맞춰주려고 먹어대다가 돼지가 되었으면 좋겠어?"

"그건 아니지만…"

"요즘 아가씨들 몰라? 다리는 길쭉길쭉, 허리는 잘록, 몸 맵시가 장난 아닌데 엄마 막내딸은 돼지처럼 뚱뚱해 가지고 굴러다니면 좋겠어?"

"그래도 엄마 눈에는 니가 제일 예쁘더라. 통통하고, 복스럽고…"

"그건 엄마 생각이지. 어쨌든 난 다이어트에 성공해야 하니까 내가 안 먹는다고 할 때는 아무것도 권하지 말어…"

"알아들었다니까."

막내딸의 말이 옳은 것 같아 얼른 뱉어버리는 말, 말은 그랬지만 행복 하나가 줄어든 것 같아 마음은 씁쓸했다.

이제는 시집에서 명절을 보내고 올 딸을 기다리면 된다. 친정과 가까운 곳에 살고 있는 딸은 명절 아침을 시집에서 보내고는 친정에 온다. 성격 좋은 사위에 손자, 손녀를 데리고 마당에 들어서는 순간 에미의 마음은 고무풍선이 된다. 미끄러지듯 마당에 들어서는 승용차 앞으로 철없는 아이들이 달려든다. "내 새끼…, 내 새끼." 그러면서 손자를 끌어 앉고 손녀를 끌어 앉는다. 품에 안기며 "할머니, 할머니!" 불러대는 손자, 손녀의 목소리는 늙은 할머니의 귀를 간지럽히고 솜사탕을 먹을 만큼 달콤한 행복을 안긴다.

어느덧 초등학교 이 학년이 된 손자, 어린이집에서 야무시고 똑똑하다고 소문 난 손녀, 재잘거리고, 웃고 그러다가 저희들끼리 싸우고, 울고, 소리 지르고, 쪼르르 달려와서는 고자질에 바쁜 손자, 손녀들 모습에 웃음이 절로 난다.

'오늘은 추석날이고 하니 달이 동그랗게 뜨겠지…, 활짝 웃으며 떠오르는 달님을 향해 소원이나 빌어 볼까.'

할머니의 이 말에 손자, 손녀의 귀가 쫑긋해졌다.

"할머니, 달님에게 어떻게 소원을 빌어요?"

야무지고 똑똑한 손녀의 질문에 할머니는 신이 난다.

"달이 뜨면 마당으로 나가서 우리 모두 손을 잡는 거야. 할아버지, 할머니, 엄마, 아빠, 그리고 예쁜이들, 또 이모 이렇게 모두 손을 잡고 원을 그리며 빙빙 도는 거야. 빙빙 돌면서 소원을 말하고 강강술래를 합창하면 달님이 듣고 일 년 내내 우리를 지켜보시면서 소원을 들어주시는 거지."

"야! 재밌겠다. 어서 달이 떴으면…."

할머니의 말에 귀가 솔깃해진 아이들.

해가 지고 밤이 되자 달이 떴다. 정말 크고 밝은 달이었다. 온 세상을 훤히 비추고 있는 달, 우리는 모두 마당으로 나갔다. 할아버지도 '흠흠'헛기침을 하며 내심 기분 좋은 표정이셨다. 할아버지의 손을 잡는 할머니, 딸 내외, 손자, 손녀, 사랑스런 막내딸, 손에 손을 잡고 둥글게 둥글게 마당을 돌기 시작했다.

"강강술래, 강강술래."

"할아버지 강강술래."

"올해는 농사일 잘 되게 해주이소. 강강술래, 강강술래."

"할머니 강강술래."

"영감님, 건강하고 우리 자녀들 건강하게 잘 자라게 해 주이소. 강강술래, 강강술래."

"우리집 사위 강강술래."

"사업 번창해서 장인, 장모님께 효도하게 해 주이소. 강강술래, 강강술래."

"우리 큰딸 강강술래."

"우리 신랑 건강 지켜주시고, 사업 번창하게 해 주시고, 우리 아버지, 어므이 건강하게 사시도록 도와주이소. 강강술래, 강강술래."

"우리 막내딸 강강술래."

"운동 열심히 하도록 도와주시고 살 좀 빼게 해 주이소. 강강술래, 강강술래."

"우리 손자 강강술래."

"우리 이모 시집가게 해 주이소. 강강술래 강강술래."

마당에서는 웃음이 한다발이다. 웃음이 멋으로 강강술래가 이어졌다.

"강강술래, 강강술래, 우리 손녀 강강술래."

"우리 오빠 나 안 괴롭히게 해 주이소. 강강술래, 강강술래."

아마도 달님도 우리 가족 강강술래를 내려다보며 큰소리로 웃었나 보다. 마당이 들썩거렸다. 올해는 달님이 우리 식구들 소원 들어주시느라 엄청 바쁘실 것 같다.

"달님도 건강하세요. 강강술래, 강강술래."

나팔꽃 인생

　여름꽃 중 나는 나팔꽃을 가장 좋아한다. 수년 전 아침 출근을 위해 버스정류장으로 가는 길 한쪽 울타리에 보라색 나팔꽃이 피어있어 발걸음을 멈추고 한참 쳐다보곤 했다. 그러나 그 나팔꽃은 퇴근 때 보면 시들어 보이지 않았다. 그곳 외에도 등산길에서도 종종 나팔꽃을 보면 꼭 카메라에 담았었다.

　나팔꽃은 여러 색깔이 있다고 하는데 내가 본 나팔꽃은 한결같이 보라색이었다. 내가 그 많은 여름 꽃 중 나팔꽃에 마음을 빼앗긴 것은 나팔꽃 색깔이 내가 좋아하는 보라색이고 꽃의 생김새가 내가 수년간 즐겨 불던 악기 나팔(클라리넷)처럼 생겨서 그런 게 아닌가 생각하기도 했다. 꽃의 생김새야 클라리넷보다 트럼펫이나 호른 같은 관악기의 모양과 더 닮았지만, 아무튼 나팔 모양이 무의식적으로 작용했는지도 모르겠다.

　나팔꽃은 원산지가 아시아 지역이라고 하며 3m까지 자라는 넝

쿨 식물이다. 메꽃과의 쌍떡잎(떡잎이 두 장인 것)식물이며 속씨식물(밑씨가 씨방에 들어 있음)이다. 원래는 관상용으로 심었으나 지금은 길가나 공터 등에 야생으로 자라며 8~9월에 꽃을 피운다. 나팔꽃 씨앗은 한방에서 약용으로도 사용하는데 대소변을 잘 통하게 하는 데 약제로 쓴다고 한다. 생육에 필요한 온도는 섭씨 25도에서 30도 정도이고 꽃의 지름은 대략 6㎝ 정도이다.

꽃을 좋아하는 사람들은 각자 취향에 맞는 꽃을 찾아 감상하겠지만 나는 가을의 코스모스와 함께 여름의 나팔꽃을 사랑한다. 그 꽃들이 마음속에 자리한 이유를 생각하면 나팔꽃이나 코스모스는 보기 어려운 귀족적인 꽃이 아니고 아무 데서나 자라고 필수 있는 꽃이며 그 꽃들의 청순하고 여린 모습 때문이다.

나팔꽃은 이른 새벽에 피었다가 낮이 되면 시들어버린다. 식물들이야 타고난 생리대로 사는 것인데 사람들은 그런 꽃들에게 나름대로 전설을 붙여 전해 내려오고 있다. 나는 나팔꽃의 그런 애절한 전설을 나중에 알았지만 처음 접할 때부터 슬픈 사연이 있는 것처럼 느껴졌다. 그리고 나팔꽃에 얽힌 전설을 알고 난 후 더욱 나팔꽃을 좋아하게 되었다.

나팔꽃의 전설을 소개한다. 옛날 중국에 한 화가畵家가 미모美貌의 아내와 금슬 좋은 부부로 행복하게 살고 있었다. 워낙 미모인 아내에 대한 소문은 마음씨가 고약한 고을 원님의 귀에 들어가게 된다. 호색한好色漢인 그 원님은 소문의 화가부인에 대하여 호기심과 흑심黑心이 발동하여 궁리 끝에 엉뚱한 죄를 씌워 붙잡아 오도록 한다. 그리고 첫눈에 반하여 그녀에게 수청守廳을 들도록 강요한

다. 그러나 워낙 절개가 곧은 화가의 아내가 수청을 완강히 거절하
자 화가 난 원님은 그녀를 성 꼭대기에 가두도록 명한다.

한편 아무 죄 없이 아내를 빼앗긴 화가는 고민하다가 미쳐버린다.
그리고 며칠 동안 방에 틀어박혀 그림을 한 장 그려 가지고 아내가
잡혀있는 성 아래로 가서 아내가 갇힌 성 꼭대기 방을 수 일 동안 하
염없이 바라보다가 그 그림을 땅에 묻고 죽고 만다. 그런데 그때부터
성에 갇힌 아내는 밤마다 똑같은 이상한 꿈을 꾸게 된다. 밤마다 꿈
에 남편이 나타나서 똑같은 말을 하는 것이었다. "여보 밤새 잘 있었
소? 나는 매일 밤 꿈속에서나마 당신을 찾아 헤매는데 금세 아침이
되어 당신이 잠을 깨는 바람에 할 말을 못 하고 당신 곁을 떠난다오.
할 수 없이 또 내일 밤까지 기다려야 할까 보오." 똑같은 꿈이 이상하
여 창문 밖으로 고개를 내밀어 성 아래를 살펴보니 아래에서 성벽을
타고 나팔처럼 생긴 꽃이 줄기와 함께 올라오고 있었다. 죽은 남편이
나팔꽃이 되어 아내를 찾아 올라오는 것이었다. 그러나 나팔꽃은 성
이 너무 높아 아내가 있는 곳까지 올라오지 못하고 멀리서 아내와 해
가 돋을 때까지 사랑을 속삭였는데 남편은 아내의 소리를 더 잘 들
으려고 꽃 모형이 나팔처럼 되었다는 슬픈 전설이다.

나팔꽃은 지금도 한 곳을 향해 그리움을 나타내려는 듯이 위로
감겨 올라가면서 피고 있다. 그리고 아침이 되면 아내를 만날 수
없던 화가처럼 새벽부터 피었다가 낮이 되면 시들어지는 꽃이다.

비록 전설이지만 나팔꽃 전설을 생각하면, 옛날이나 지금이나
권력을 쥔 사람들과 평범한 서민들의 삶이 생각난다. 민주주의 세
상은 만민은 법 앞에 평등하다고 하는데 과연 그럴까? 죄를 지어

도 권력과 재력을 가진 자와 못 가진 자들에 대한 법의 잣대와 판단은 다른 것을 본다. 같은 죄를 범해도 권력자들은 소위 사면 복권이라는 제도에 따라 형기를 다 마치지도 않고 감옥에서 나와 다시 권력을 움켜쥐는 것을 쉽게 본다.

또 백성(서민들)들이 국가의 주인이고 권력자들은 국민에 대한 공복公僕이라고 하지만 천만의 말씀이다. 선거 때만 그런 척하지 평소에는 공복들, 특히 고위공직자들은 백성들 위에 군림하고 있다. 주인인 백성들이 억울함을 호소하기 위해 만나달라고 해도 최고 권력자는 외면하고 있고, 심지어는 철석같이 한 약속도 모른 척하고 있는 것이 현실이다.

지금 세상을 꽃으로 비유하자면 백성들은 길가에 아무렇게나 피어있는 코스모스이고, 부당하게 자식을 잃고 억울함을 호소하기 위해 높은 성을 기어오르는 나팔꽃이다. 살릴 수 있는 자식들을 살리지 못한 사태를 두 눈 뜨고 본 그들은 정부를 향해 진상이라도 밝혀달라고 외치는 세월호 가족들이고, 국방을 위해 병역의 의무를 수행하러 군에 갔다가 억울하게 죽은 병사들의 부모이며, 그리고 힘이 없어 억울함을 당한 백성들이 나팔꽃 인생들인 것이다.

코스모스나 나팔꽃들은 말이 없이 자연의 변화에 따라 시달리며 살다가 겨울이 오면 시들겠지만 혹독한 겨울을 지나면 다시 그들의 자손들이 대지를 뚫고 올라와 꽃을 피우며 삶을 위한 새로운 투쟁을 시작할 것이다. 결코 그들의 자연적인 순리를 어느 누구도 꺾지 못한다. 그런 자연의 위대한 법칙을 모르는 인간들은 바보다.

2014. 9. 3.

유랑 청춘 딴따라 송해 선생

동내 서점들이 사라져 종로 대형 서점에 들렀는데 서점 초입에 낯이 익은 얼굴이 책 표지에서 웃고 있었다. "국민 MC" "일요일의 남자"라고 불리는 송해 선생이었다. 특이한 것은 책 표지에는 책 이름 글자가 없고 그의 얼굴 사진만 흑백으로 클로즈업되어 있었다. 책 옆을 보니 책 제목이 "나는 딴따라다"였다.

나와 같은 세대들(6~70년대 학번)이라면 코미디언 송해, 구봉서 그리고 작고하신 배삼룡, 서영춘, 양훈, 양석천 님 등을 모르는 사람이 없을 것이다. 6~70년대 대학을 다녔거나 직장에 다니던 사람들은 5.16군사 쿠데타로 정치가 얼어붙고 언론의 자유가 제한된 사회에서 숨을 죽이고 살면서 크게 웃을 일은 코미디언들의 연기를 보고 듣는 일뿐이었다. TV도 많이 보급되지 않은 때라 라디오나 극장에서 하는 코미디 쇼를 보고 웃었던 것이다. 그러다가 TV가 많이 보급되면서 정치뉴스보다는 코미디 쇼나 연속극을 보고 잠들기 일쑤였다. 당시 연예인들 중에서도 제일 고마운 것이 코미디언들이었다.

지금도 나는 가끔 인터넷 유튜브에서 옛날 코미디언들의 프로를 찾아보며 추억도 생각하며 웃는다. 사실 지금 코미디 프로는 대학까지 나온 젊은이들이 개그맨이라는 이름으로 코미디를 하는데 위트도 있고 신선한 느낌은 오지만 웬일인지 웃음이 나오지 않아 안 본 지 오래이다. 지금은 민주화가 되어 심리적으로 정치가 안정이 되고, TV 외에 오디오시스템이나 인터넷, 스마트폰 등 다양한 전자기기들이 많아 스트레스를 풀 수 있어 그러는지도 모르겠다.

돌이켜보니 내가 방송의 코미디 프로와 작별한 것도 소위 1세대 개그맨이라는 전유성, 고영수, 김병조 등이 방송 출연이 뜸한 후부터인 것 같다. 당시에는 그들이 하는 프로도 이전 코미디 프로와 달라, 재치 있는 대사와 내용도 생소했으나 그래도 지금 개그맨들과는 달랐었다. 사실 나와는 지인知人인 김병조라는 개그맨은 정규대학을 나오고 사서삼경四書三經을 공부하여 한문에 박식하고 영어회화도 능통한 연예인이었다. 반면에 그와 같은 방송국에서 활동하는 코미디언들은 과거 악극단에서 활동한 사람들이 많았는데 학벌이 신통치 않았던 것 같다. 연예계에서 선후배 간의 관계가 엄격했던 시절을 살아온 코미디언들과 정규교육을 받은 지성인 개그맨들과의 갈등이 있었다고 한다. 선배를 무시하는(?) 배운 개그맨들과 일부 코미디언들의 갈등은 생중계되는 프로에서 노출되기도 했었다.

딴따라라는 인식은 개그맨들에게까지 따라와서 나의 지인인 그 개그맨은 모임에 오면 스타이면서도 한편으로는 직업에 대한 일종의 콤플렉스 같은 의식이 있는 것 같았다. 워낙 보수적이고 자부심이 강한 내력의 씨족모임이기에 내가 볼 때는 누가 그를 광대(딴따라)라고 비아냥하지 않는데도 그러는 느낌은 그의 직업에 대한 자격지심이라고 나는 생각했었다. 그와 나는 같은 예술대학을 나온 관계로 따지자면 나도 딴따라라고 할 수 있다. 나는 악극단이나 대중음악을 하는 악단에서 연주활동은 하지 않았지만 나도 악기를 전공했기에 일부 몰지각(2)한 친우들에게 딴따라라는 말을 듣기도 했다. 그런 나를 아는 그는 가끔 개그맨이라는 직업에 대하여 자화자찬하는 말도 했다. 직업에 귀천이 없다는 전제 아래 개그맨이라는 직업이 인기도 있고 수입도 짭짤하다는 것이었다. 아무튼 그는 딴따라 생활을 하면서 방송가에서 근검절약하는 짠돌이로 소문이 났고 돈도 많이 모았으며, 중년이 되어서는 대학의 교수가 되었다. 재력이나 명예 면에서 성공한 딴따라이다.

송해 선생은 금년(2015년)에 89세라고 한다. 사실 나는 집에서 일요일이면 전국노래자랑을 가끔 시청한다. 출연자들의 노래보다는 나이 많은 송해 선생의 근황을 보기 위해서가 맞을 것이다. 그러면서 혹시나 저분이 나오지 않으면 어쩔까 하는 조바심을 느끼기도 한다. 그는 가끔 방송 중, "노령화 사회에서 나이 많은 사람들에게 자기의 건재함이 노인들의 자존심"이라고 했다. 그의 건재함을 확인하고 안심하며 더욱 건강을 기원해줬다. 그런데 명문대 출신인 한 중년 개그맨이자 MC가 질투인지 농담인지 송해가 전국노래자랑 MC를 너무 오래 한다고 한 불만의 소리를 어느 프로에서 들은 직이 있다. 송해 선배는 선국노래자랑 MC를 이제는 그만하고 자기가 해야 한다는 것이었다. 농담이기를 바라지만 이제는 그도 나이가 들었으니 송해 선배가 더 오래 하기를 빌어주기 바란다.

　나를 포함한 많은 노년층들은 송해 선생이 무대에서 오래도록 건재하기를 바라지만 한편 두려움을 느끼기도 한다. 그것은 송해 선생이 건강 이상으로 무대에 서지 못할 경우 나이가 든 노인들이 느낄 상실감 때문이다. 송해 선생보다 나이가 적은 노년층들은 나이가 많은 송해 선생의 현역활동을 보면서 대리만족도 느끼고, 나머지 노년생활에 희망을 갖기 때문이다. 그러므로 송해 선생은 건강에 유의하면서 앞으로도 오랫동안 무대에 서야 할 의무(?)가 있다.

　나는 20여 년 전부터 낙원동 악기상가인 낙원상가 옆에 나이든 코메디언들이 이용한다는 사무실이 있다는 말을 들었고, 실제로 양훈과 구봉서 등을 주변 길가에서 보기도 했었다. 그런데 20여 년이 지난 지금에야 그 사무실을 송해 선생이 은퇴한 연예인들을 위해 마련했고 관리비용도 자기가 다 부담한다는 것을 이 책을 보고서야 알았다. 그러면서 왜 혼자 그런 부담을 하는가? 묻는 질문에 현역으로 돈을 버는 원로들은 자기뿐이기 때문이라고 했다.

　송해 선생의 인품을 책 내용의 표현(접근하기 어려운 분위기가 있다)과 달리 내가 보기에는 수더분한 차림새와 서민적인 인상이 이웃집 아저씨 같은 얼굴이라고 생각해왔다. 연예계 스타들의 실물을 보면 연기 때와는 달리 쉽게 범접하지 못할 위엄도(때로는 억지로 그린다) 보이는데 그는 누구에게나 손을 잡고 웃어줄 수 있는 얼굴로 보였다. 일반인들과 만날 때 그런 면이 있지만 그러지 않는 경우도 책 속에 나타나 있다. 주위의 방해를 싫어하고 혼자만의 깊은 사색思索을 좋아하고, 일에는 몰두하는 성격이라고 한다. 또한 그는 오래 살기 위해 특별한 운동을 하거나 보양식도 하지 않고 아무 음식이나 가리지 않으며 즐겨 먹는다. BMW(Bus, Metro, Walking)라고 하여 장소를 이동할 때 버스나 전철을 이용하고 걷기를 좋아한다고 한다. 특이한 것은 그 연령에 소주를 좋아하고 감정의 표현을 숨기지 않는다고 했다. 실향민으로 일가친척도 없이 홀로 내려온 남한 땅에서 유랑극단 생활부터 어렵게 떠돌이 생활을 한 그는 북에 두고 온 모친에 대한 그리움과 외아들을 교통사고로 잃은 아픔을 안고 지금까지 살아왔다고 했다. 생각해보라. 혈혈단신 외로운 타향에서 그에게 아내와 자식은 일반인들과는 다른 남다른 의지와 애정이 있을 터인데 젊은 아들을 사고로 잃은 그의 마음을 이해하겠는가? 그래서 그는 9순이 다 되어가는 나이에도 눈물이 많다고 한다.

그에 대한 글을 쓴 분은 시인이자 영문학자이고 대중예술을 이해하는 분인데 우연히 송해 선생을 만나고 그의 전기를 쓰기로 하여 승낙을 받고 송해 선생과 같이 일상생활을 하며 취재를 했다고 한다. 글쓴이도 대중예술을 이해하고 송해 선생과 취미도 비슷하기에 가능할 것이었다.

글에서 보면 역시 술을 좋아하고 슬픔을 느끼는 감정 또한 비슷했다고 한다. 그런 감정에서 나는 연로한 어른들의 눈물을 주목했다. 눈물은 슬플 때 많이 나오나 기쁠 때도 흘린다. 그래도 눈물은 슬플 때 흘리는 눈물이 나는 더 아름답게 느껴진다. 나 또한 유난히 눈물이 많은 사람이라 그런지 이해가 간다. 누가 그랬나? 사나이는 눈물은 아무 데서나 보이는 것이 아니라고 했나. 나는 그 말에 동의하지 않는다. 그런 말은 가부장적인 남성 우위의 시대에나 있을 법한 말이다. 그 말을 바꾸어 말하면 여자는 아무 때나 눈물을 흘려도 되지만 남자는 그러지 말아야 하는 것으로 여성을 비하하는 말과도 같다. 나는 눈물이 워낙 헤픈(?) 편인데 지금까지 가장 눈물을 많이 흘린 때가 KBS 이산가족 찾기 때였다. 그 프로기 끝날 때까지 TV 앞에서 울었다. 나에게는 이산가족이 없는데도 그랬다. 지금도 이산가족 찾기나 슬픈 뉴스만 나오면 눈물이 난다. 세월호 참사는 이제는 나이가 들어 참으려는 눈물샘을 다시 터트리고 말았다. 나는 송해 선생의 전기를 읽으면서도 가제손수건을 적셔야 했다. 사람은 건강 유지에 웃음이 좋다고 하지만 슬픔을 발산하는 것도 건강상 좋은 것으로 나는 생각한다. 실컷 울고 나면 마음이 후련하다고 하지 않던가? 그래서 사람은 태어날 때 "으앙" 하고 울면서 태어나는지 모를 일이다.

한편 헤프게 아무 데서나 실실 웃는 것도 싱겁지만 아무 데서나 눈물을 흘리는 것도 썩 보기 좋은 일은 아닐 것이다. 그래서 감정 표현은 조심할 필요는 있다. 나는 눈물을 흘릴 일이 있으면 나만의 공간에서 혼자 흘린다. 글에서 송해 선생이 무대 밖의 사무실과 이동 중 자주 한다는 혼자만의 사색에서 그가 무슨 생각을 하는지 대강 짐작이 간다. 나이 때문에 휴식할 때도 있겠지만 자기 삶을 항상 뒤돌아보는 일이 일상이 된 것 같다. 코미디언이라는 남을 즐겁게 해 줘야 하는 직업을 가진 사람이 씻지 못할 슬픔을 안고 사는 일이 얼마나 감정을 절제하는 데 힘들까? 그런 그가 지금 나이에 무대에서 일반 대중과 어울려 웃으며 사회를 보는 것을 보면 이제야 그의 인간성과 고뇌가 느껴져서 머리가 숙어진다.

송해 선생, 당신은 국민 MC일 뿐만 아니라 노령화 사회의 많은 노인들에게 인생살이의 바로미터이고 시들어가는 황혼길의 인생들 마음을 환하게 비춰주는 등불이다. 그간 어려운 삶을 살아왔고 언젠가는 다른 세상으로 가서 그리운 사람들과 다시 만나겠지만, 지금의 하시는 일은 하늘이 준 사명使命이라고 생각하며 100세 시대에 부디 오래오래 건강하게 사시기를 기원합니다.

2015. 5. 29.

철새 돌아오다

　많은 철새들이 오가던 고장에서 반가운 소식을 들었다. 오가는 철새들 중 나는 뜸부기와 소쩍새를 좋아한다. 고향에 가면 소쩍새 소리는 지금도 들리지만 뜸부기는 보기 어려웠는데 최근(2015년 여름)에 제주도와 전북 익산의 들에서 뜸부기가 나타났다고 한다. MBC 뉴스에 의하면 분명 뜸부기였다. 얼마나 반가운 소식인가. 마치 저 세상으로 먼저 간 벗이 살아 돌아온 기분이었다.

　뜸부기는 뜸부깃과의 여름 철새로 동남아의 보르네오, 필리핀 등지에서 월동하고 우리나라에는 여름에 와서 알을 낳아 번식한다. 1982년부터 천연기념물 제324-6호로 지정 보호하고 있다.

　뜸부기는 그리운 동요 "뜸북뜸북 뜸북새 논에서 울고"로 시작하는 〈오빠생각〉에 나오는 새로, 내가 향수를 그리는 글에서 종종 추억하는 새이다. 1950-60년대는 시골 농촌 어디서나 쉽게 듣고 볼 수 있었다. 수컷 뜸부기가 내는 소리는 아마 암컷을 부르는 소

리였을 것이다. 나의 젊은 시절 기억으로 그 소리는 '뜸 뜸 뜸' 하다
가 '깜 깜 깜' 소리로 들리기도 했다. 추측하건대 뜸 뜸 뜸 소리는
고개를 숙이고 내는 소리이고 깜 깜 깜 소리는 고개를 위로 올리
고 내던 소리가 아닌가 생각한다. 그렇게 소리가 다르게 들렸다.
그 소리가 호수 위에 있는 산골 다랑논에서 들릴 때면 산을 휘돌
아 메아리로 들렸다.

　뜸부기를 당시는 정력제라는 소문 때문에 약용으로 사용하였다.
한번은 아버지가 뜸부기 수컷 두 마리를 산 채로 잡아오셨다. 처음
으로 가까이서 보는 뜸부기인데 머리에 난 벼슬이 장닭의 벼슬처
럼 빨갛고 아름다웠던 기억이다. 아버지가 논둑길을 가는데 수컷
두 마리가 싸우고 있었다 한다. 아마 암컷을 사이에 두고 싸운 것
일 터인데 가까이 가도 달아나지 않고 싸우는 것을 붙잡아 안고
왔다고 했다. 그런 뜸부기가 1970년대 이후 농촌에서 볼 수 없는
것이 무척이나 아쉽고 보고 싶었는데 수십 년 만에 다시 나타났다
니 반가운 일이다.

　마치 텃새처럼 정이든 뜸부기가 돌아오지 않은 것은 우리 농촌
이 뜸부기가 서식하기에 환경이 나빠졌기 때문일 것이다. 농사를
기계로 짓고 제초除草도 손으로 하는 김매기가 아니고 농약으로 하
기 때문에 뜸부기의 먹이인 곤충들과 수서동물들이 감소했다. 철
새들은 기온과 환경이 자기들의 생존과 번식에 적합해야 찾아온
다. 뜸부기들이 다른 지역에도 전처럼 찾아올지는 더 지켜봐야 할
것이다. 농촌이 독성이 강한 농약과 농기계로 편리하게 농사짓는
영농사회가 되었지만 뜸부기 등 철새가 찾아오는 환경이 낙원이라

는 생각도 했으면 좋겠다. 최근에는 도시에서 농약을 사용하지 않고 생산한 무공해 농산물을 선호하는 추세임을 고려해볼 만하다.

소쩍새도 우리나라에서는 천연기념물로 지정된 철새이다. 인도차이나와 중국 남동부에서 월동하고 우리나라에는 4월에 와서 10월까지 머문다. 뜸부기와는 달리 지금도 여름에 우리나라 어디서나 소리를 들을 수 있는 새이다. 소쩍새는 야행성으로 소리는 쉽게 들어도 모습은 보기 어렵다. 올빼밋과의 새로 곤충과 작은 새들이 주식이다. 우리나라에서 나무 구멍에 알을 4~5개 낳아 번식하는 철새로 우리와는 가까운 새이다. 소쩍새도 수컷이 우는데 초저녁부터 새벽까지 계속 운다. 그 소리가 듣기에 따라 구슬프고 애처롭게 들린다. 흔히 '소쩍다소리를 '솥적다'로 들린다고 하는데, 그래서 그 울음소리에 얽힌 다음과 같은 전설이 있다.

옛날 한 가난한 가정에 소화라는 착한 소녀가 있었는데 나이가 열여섯이 되자 시집을 보내려 했지만 가난하여 데려가려는 집이 없었다. 그러던 어느 날 이웃 마을의 부잣집에서 착한 소화를 며느리로 데려가겠다고 했다. 반가운 소화 부모님은 소화를 보내면서 타일렀다. "애야 시댁에 가면 시댁어른들이 구박을 해도 꾹 참고 살아야 하느니라. 시댁은 부자이어서 밥은 굶지 않고 살 테니 여기보다 살기 좋을 게다."라고 당부했다고 한다. 그런데 시집온 첫날, 시어머니는 소화를 불러놓고 밥하는 요령부터 일러준다. "애야 너는 오늘부터 우리 집 식구가 되었으니 밥하는 법을 일러주마. 밥을 많이 하면 찬밥이 생기니 꼭 한 번만 하도록 하여라." 소화는 시어머니 말을 명심하고 정성껏 밥을 하여 밥을 퍼 담았는데 시부모와 신랑 그리고 시누이 밥을 담고 보니 자기 밥이 없었다. 솥이 작아 네 명분밖에 할 수 없었던 것이다. 그렇다고 시어머니 명을 거역하고 밥을 두 번 할 수도 없는 노릇, 착하기만 하고 용렬했던 소화는 그 집에 시집보낸 부모를 원망하며 배가 고파 매일 이불을 뒤집어쓰고 울다가 죽었다고 한다. 그렇게 한을 안고 죽은 소화는 죽어서도 저승에 가지 못하고 한 마리의 새가 되어 솥이 적은 것을 원망하며 "솥 적다, 솥 적다" 울고 다니는 소쩍새가 되었다는 안타까운 전설이다

한편 전설과 달리 소쩍새는 다음 해 풍년을 알려주는 새라고 하는 견해도 있다. 다음 해에는 풍년이 들 테니 적은 솥을 키우라는 의미라는 것이다. 아무튼 소쩍새의 전설은 그 소리의 진의(眞意, 짝 찾기와 서식처 지키기)와는 달리 애처로운 소리 때문에 듣는 사람들마다 각각 다른 상상을 하며 듣는다. 그래서 옛날 시골에서 밤이 되면 청춘 남녀의 마음을 설레게 하고 애타게 하는 새이었다. 지금처럼 개방적이지 않아 자유롭게 교제를 못 했던 시골 마을의 처녀 총각들은 밤이 되면 애정을 그리워했다. 달이라도 휘영청 밝은 밤에 평상에 앉아 길쌈을 하면서 초롱초롱 들리는 소쩍새 소리에 막연한 그리움과 외로움을 느꼈던 것이다.

문명의 발달로 지금은 시골도 전기가 가로등을 밝혀주어 달밤의 운치도 느낄 수 없다. 도시와 시골의 격차가 무너져 어디를 가나 도시와 같은 세상이 되었다. 그런 변화에 철새들이나 텃새들도 다소는 적응을 하겠지만 생태 환경은 본능적인 삶의 터전이므로 적응에 민감할 것이었다. 그래서 사라진 철새들이 다시 찾아온다는

것은 우리 인간들이 늦게나마 자연환경 보전에 관심을 가지고 생태계가 개선되는 것으로 이해하고 싶다.

실제로 어느 고장에서는 쌀농사에 농약을 사용하지 않고 오리를 이용해 제초도 하는 무공해 쌀을 계약 재배하여 특정 단체에 납품, 고소득을 올리고 있다고 한다. 그 논에는 그간 사라졌던 메뚜기도 다시 나타났다고 하니 먹이사슬에 의한 생명체들이 다시 나타날 것이다. 농가 소득도 올리고 자연환경도 지키는 일석이조의 농사법인 것이다. 자연의 생태계 조화는 참으로 미묘한 것이어서 인간이 그들의 삶을 훼방하지 않으면 멸종한 줄 알았던 생명체들이 어디에서인가 나타난다. 조물주의 섭리는 결코 사라지지 않고 존재한다는 증거일 것이다.

문명의 산물은 인간만의 소유물로서 편리를 위해 계속 발전시킨다. 그러나 그 문명 때문에 자연 생태계의 질서가 파괴되는 일은 결코 바람직하지 않다. 그러므로 인간도 자연의 섭리를 지키는 범위 안에서 문명도 발전시키고 누리면서 살았으면 좋겠다. 생산증대라는 빌미로 유전자까지 섭렵하여 시도하고 있는 엉뚱한 실험이 엄청난 재앙을 초래할 수 있다는 말 없는 경고를 들어야 한다.

2015. 7. 20.

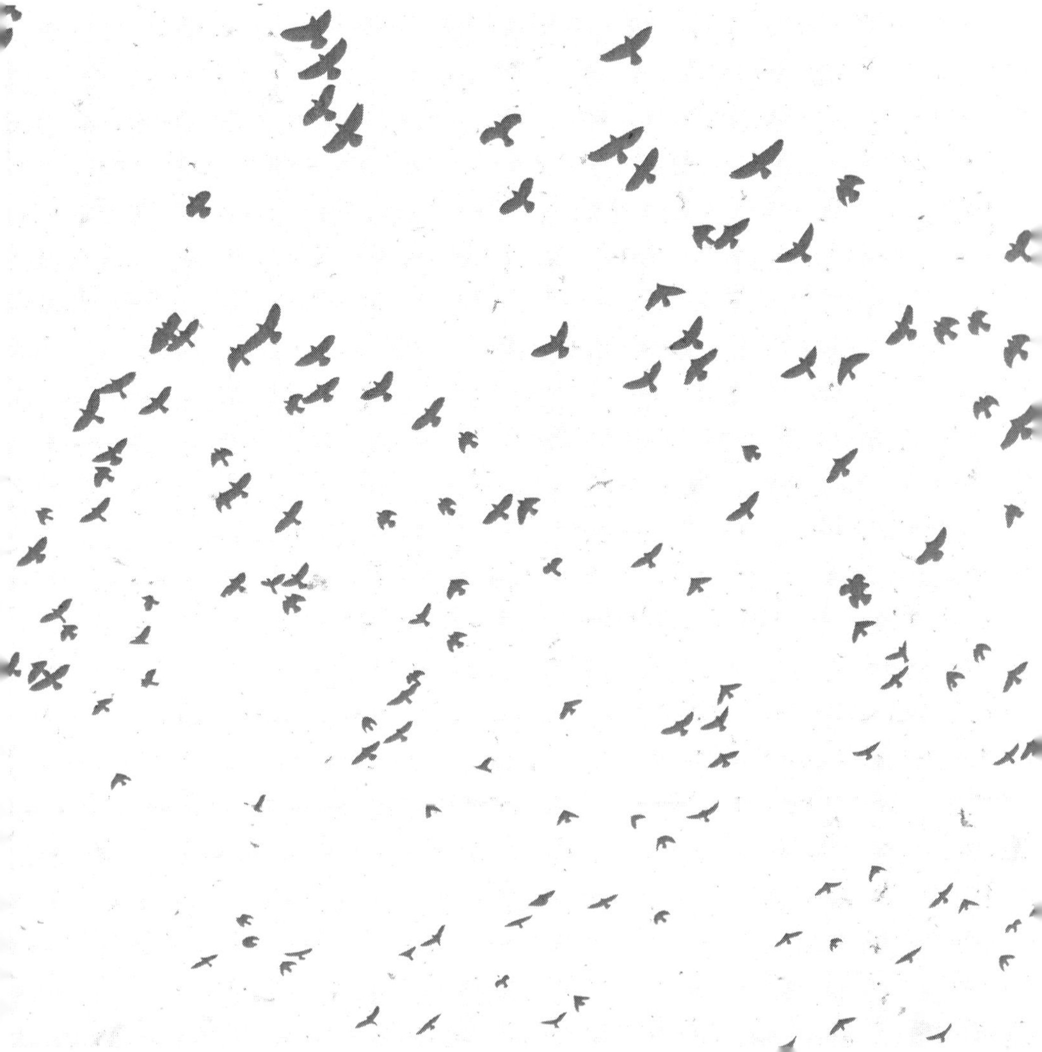

제3부
소설

늦벌이

누구라고 말해도 된다.

살며 살아온 주옥같은 인생살이가 산처럼 간직하고 있었다. 말을 안 하고 책으로 쓰지 않아서 그렇지…. 그런가 하면 노년에 부딪혀 갈 길을 방황하는 이가 하나 둘이 아니겠지만 상협은 구부러진 돌팍지 아래서 조금도 눈치채지 못한 사람처럼 주어진 것에 불평하지 않았다. 매사에 감사할 뿐 속마음은 숨기고 있었다. 숨 쉬는 것 입고 있는 옷 보이는 모든 것들을 사랑했다기보다 사랑할 수밖에 없었다. 가장 귀하고도 가까운 그의 처와 가족도 있었다. 자신도 험난한 길을 걸어 지금에 와 있었다. 지상에서 영원으로 누구나 선택하지 않아도 자연히 날아가 소멸할 존재라는 것을 잘 알면서도 스스로 외면하면서 살아가야만 했다.

어느 날 하얀 백지 위에 바늘로 구멍을 냈다. 현실에 살면서 바늘구멍 너머에 딴 세상이 있는 것처럼 들여다보고 있었다. 혼자 말로 지껄였다. "이젠 안돼!" 금방 말을 바꾸더니 "그렇지 않아 할 수 있어." 긍정으로 되돌렸다 "왜? 안될 것 없다구." 자신에게 되묻고 버텨냈다. 그러다가도 바다가 있는 지평선 너머로 사라져버릴까 맘 먹다가 뒤란에 지는 해를 보고 손사래를 쳤다. "안돼 넘어가지 마!" 두 손으로 기우는 해를 끌어 올릴 것처럼 헛손질을 허공 위에 그려댔다. 어둠이 깔리고 다시 밤이 찾아 왔다. 밑바닥까지 가라앉은 긴 한숨은 모두가 고독이라는 병마가 되어 차가운 이불 위에 백골처럼 뒹굴고 있었다. 그 고독들을 이길 수가 없었다. 밤은 무서웠다. 밤새워 뒤척이다 보면 넘어갔던 해가 되돌아왔다. 햇빛은 억만 년을 부딪치며 왔는지 빛은 하얗게 바란 채 부서져 내리고 있었다. "지옥이다. 아니야. 천국이다 천국." 그는 금방 돌려놓았다. 빛이 서쪽으로 사라지기 전에 광야의 포식자처럼 먹잇감을 아야 했다. 누구에게도 하소연할 데가 없는 그만의 사연은 병든 모과나무 열매처럼 새까맣게 굳어가며 또 하루가 시작되었다. 할머니의 쓴소리가 비늘처럼 까칠했다. "꿩 대신 닭이지 이 없으면 잇몸으로 먹으면 되고." 그녀의 꾸지람을 뒷전으로 하고 신상협 노인은 면허증을 찾고 있었다.

오늘도 부지런히 찾아댔으나 아무 데도 없다. 오라는 일자리가 버젓이 있는데도 못 나가고 있는지가 벌써 한 달이 되어간다. 일은 못 나갈망정 면허증만은 꼭 찾아야겠다는 것이 상협의 결단이다. 누가 다 된 밥에 재 뿌리면 멱살이라도 잡을 텐데 이건 하소연할 데라곤 할마씨밖에 없으니 재를 뿌려도 어쩔 수기 없다. 힐마씨

신경질은 날이 갈수록 표독스런 늙은 암고양이로 변해가고 있었다. 면허증이 하나면 되지 뭔 면허증을 또 찾고 또 찾느냐고 호통을 쳐대기가 일쑤였다. 찾은 면허증만큼은 알 턱이 없다. 상협에게는 자동차 면허증은 있다. 그가 찾은 것은 진동 롤러 면허증이다. 건설장비 면허증이니 모르는 것이 당연하다. 이러지도 저러지도 못하고 벙어리 냉가슴만으로 쪼그라들고 있었다. 상협이 입장에선 속수무책이다. 현장의 김 대리 말로는 면허증만 있으면 나이에 관계없으니 꼭 찾아오시라는 말이 귓속에 생생히 박혀있다. 상협은 그 말끝에 주름투성이 얼굴로 웃음을 섞어가며 늙은 아양을 떨었던 것도 기억이 난다. 그때 상협이는 용기를 내어 말했었다. "면허증이 없으면 안 되나, 일만 잘하면 될 것 아냐?" 그 말을 듣던 김 대리는 기겁하며 한쪽 눈을 찡긋거렸다. 만약 사고를 내면 현장은 문을 닫아야 하고 실무자인 본인은 당장 모가지라고 손가락을 목에다 대고 두 번 칼질했다. 그런 일은 처음부터 결재 자체도 올릴 수도 없다고 했다. 한마디로 쓸 수도 없고 일할 수도 없으며 써서도 안 된다고 딱 잘라 말한 김 대리 얼굴이 떠올랐다. 그러나 면허증을 찾으시면 꼭 오시라는 말 한마디가 얼마나 고마웠는지 모른다. 사무실을 나오려고 할 때 기다리고 있겠다고 한 말은 꿀맛 같은 소리였고 그 소리가 떠오르면 입맛을 쩍 쩍 다시며 굳은 침을 삼켰다. 도대체 어디에 있기에 맨날 찾아도 나오지 않는지 애만 태우고 있다. 상협은 굴하지 않고 찾아댔다. 곰곰이 생각해도 찾을 길이 없다. 후덥지근한 날씨가 목구멍까지 컬컬했다. 이야기 상대를 찾았다 하면 개코 밖에 없다. 나이를 먹어 갈수록 친구도 다 떨어져 나갔다. 그는 코가 개 코처럼 길게 늘어졌다. 끝은 뭉툭하다. 얼굴을 쳐들면 돼지 코라고도 할 수 있겠지만 개 코가 더 가까웠다. 상협은 그 코가 맘에 들었다. 젊어서부터 별명이 개코라고 불렸다고 한다. 상협이 고민을 듣고 있던 그는 몇 번째 하는 말이냐고 묻지 않았다. 퉁명스럽게 물었다. "면허증이 있기는 있었던 거야?"

상협은 "예끼 이 사람아 없는 걸 미쳤다고 찾는가?" 후려칠 듯 말했지만 조용히 자신을 돌아보며 따놓은 거 있지 하고 물어보는 실정까지 되어버렸다. 자꾸만 의심을 하다가는 없는 거나 마찬가지로 결정지을 수도 있을 것 같은 착각까지 왔다. 상협은 슬펐다. 갑자기 설움이 복받쳐 막걸리 잔을 들었지만 마실 수가 없다. 출렁이는 막걸리 잔에 입을 대 보지만 넘어가지 않는다. 잔을 놓고 흐느끼고 말았다. 보다 못한 개코가 말했다. "작은 일에 벌써부터 찔끔거리면 일찍 죽어." 소극적인 면을 탓하고 있었다. 상협은 애절하게 말했다. "너도 함께 찾아줘. 찾으면 당장 취직이 되고 취직하면 매일 막걸리 사줄게." 듣고 있던 개코가 공무원으로 퇴직한 자기 친구를 들고 나왔다. 하도 안달하는 친구가 불쌍해서 물어봤다고 했다. 그 친구 말은 면허가 확실히 있었다면 인감 한 통을 갖고 구청에 가서 재발급신청을 하면 면허증이 나온다고 했다. 따 놓은 적이 없으면 재발급도 안 되지만 취득한 적이 있다면 적성검사 미필로 그 여부에 따라 과태료를 내면 살릴 수 있다는 희망적인 말을 듣고 있었다. 상협은 꿈인가 싶게 개코 말이 맞아지기를 빌었다. "정말야?", "그래. 정말야." 엊저녁에 헤어지며 한 말이다. 상협은 인감 한 통을 들고 구청 문을 열었다. 눈을 들어 면허증 팻말을 찾았다. 그가 내민 인감 한 통이 파르르 떨고 있었다.

"아가씨 면허증 재발급 좀 확인해줘요."

"무슨 면허요?"

"장비면허인데 진동 롤러야."

"그건 저쪽 건물로 가셔야죠. 나가서 왼쪽 건물로요."

상협은 얼른 나왔다. 허겁지겁 달려갔다. 아가씨가 빤히 쳐다보며 물었다.

"어떤 장비면허죠?"

"진동 롤러." 그녀가 인감을 대조했다.

"예 있네요. 신상협 씨!" 상협은 눈알이 빨개졌다.

그녀는 또랑또랑하게 말했다. 적성검사 미필이라고.

"살릴 수 있나요?"

"예 있어요. 면허시험장에 가시면 돼요." 상협은 하늘로 날아갈 것처럼 기뻤다. 그녀를 안아주고 싶도록 기뻤다. 주제파악도 못하면서….

구청을 나와 개코를 만나자고 전화를 했다. "지금 당장 말야!" 상협은 소리치고 버스정류장 쪽으로 향했다. 기쁨을 전하러 간 상협은 이번에 개코 입장에 서줘야 했다. 힘이 빠지다 못해 풀이 죽어 있는 개코를 어떻게 위로해줘야 할지…. 면허증 같은 건 뒷전이 되고 말았다. 만약 하려고 했던 이야기를 했다가는 복 터지는 소리 말라고 소리칠 게 뻔했다. 그는 말년에 부부 간에 갈등이 심각하게 위협받고 있었다. 듣고 있던 상협은 뭐라고 부러지게 할 말을 찾지 못했다. "그래 꼭 그렇게 해야만 된대?" 말은 했지만 위로도 아니고 해결책도 아니었다. 덤덤한 소리밖에 할 수가 없었다. 대낮부터 막걸리만 퍼마시게 되었다. 상협은 어제 일만 해도 개코한테 희망적인 이야기를 들었다. 상협은 개코의 아내가 무엇 때문에 이혼을 하자는 건지 이해하지를 못했다. 그의 처는 무조건 개코가 싫다는 거였다. 억지 부리는 데는 대책이 없었다고 했다. 어느 때는 혼자 살고 싶다고 했다. 왜냐고 물으면 꼴이 보기 싫고 냄새가 난다고 했다. 그러다가 뜬금없이 해준 게 뭐가 있냐고 트집을 잡았다. 뭘 해줄까 물으면 꼭 해 달래야 해주느냐고 삿대질을 했다. 그러다가 간섭하지 말고 잔소리 하지 말라기에 보름 내내 말 한마디 안 했더니 밖에서 벙어리가 되어 들어왔냐고 말 좀 하라고 귀를 잡아당겼다. 고향에 옹달샘 이야기를 한다니까 그녀는 두 귀를 기울였다. 산골짝 맨 위에는 옹달샘이 하나 있다. 솟아나는 샘물은 항시 넘쳐나고 있다. 몇 십 년을 두고도 변함없이 솟아나고 있었다. 샘물 아래쪽으로는 논이 삼사십 마지기는 돼 보이는데 비가 안 오는 지독한 가뭄에도 샘물은 조금도 걱정할 게 없었다. 쌀농사는 언제나 풍년이었다. 거기에 개코네 논이 이십 마지기는 있었고 아는 사람들은 모두가 부러워했다. 옹달샘 물은 논바닥에 물을 충분히 대주었고 나머지 물은 개천으로 흘러들어 강을 거쳐 바다로 흘러간다고 했다. 개코가 고향에 옹달샘이 이야기를 하고 있는 동안 그의 처는 신중하게 듣는가 했더니 왜 이야기를 그렇게 재미없고 한 가지만 알고 둘은 모르는 곧이곧대로 옹고집 늙은이라고 핀잔을 했다. 개코는 화가 났다. 무엇이 잘못된 거냐고 반박했다.

그녀가 말했다.

옹달샘에는 물이 있는데 아무것도 안 사느냐고 일급수에 사는 도롱뇽, 열목어, 민물새우도 있을 거라고 했다. 샘물이 논으로 흘러갔다면 논에도 살고 있는 생물이 있을 게 아니냐며 우렁이도 있을 거고 장구벌레, 개구리, 거머리, 범아제비도 있을 거라고 했다. 시냇물에는 송사리, 미꾸라지, 피라미, 다슬기도 살고 있다고 했다. 강에는 붕어, 잉어, 가물치, 뱀장어….

바다에는 수없이 많은 물고기들이 사는데 왜 고기 이야기는 하나도 안 하고 빼먹느냐고 닦달을 했다. 산에는 사계절 변화가 오는데 산 이야기는 왜 안 하느냐고 물었다. 듣고 있던 개코도 그녀의 말이 맞다고 생각했다. 그녀는 다시 화를 내며 당신하고는 재미없어서 도저히 살 수가 없으니 이혼하자며 대들었다고 개코가 눈물이 날 것처럼 이야기했다. 듣고 있던 상협은 "안돼!" 하고 소리 질렀다. 이혼할 이유가 그런 거라면 재미있게 해주면 될 거 아니냐고 혀가 꼬부라져 있었다. "황혼 이혼은 절대로 안 된다. 빌어 공주처럼 모셔봐." "빌어 공주처럼 모셔?" 개코는 눈이 커졌으나 어리둥절한 모습이었지 이해를 한 것처럼 보이지는 않았다. 둘은 오전부터 만났으나 한쪽은 기뻐했고 개코는 쪼그라진 얼굴에 코만 덜렁하니 슬퍼보였다. 상협의 가슴속에도 말 못하는 허탈한 울분들이 꿈틀대고 있었지만 눌러버렸다.

상협은 면허증을 간직하고 집을 나섰다. 공사장으로 김 대리를 만나러 가고 있었다. 그곳은 골프장을 만드는 현장이다. 만약에 기사를 쓰고 있다면 그냥 김 대리 얼굴만 보고 온다고 맘먹었다. 기사는 아직 안 쓰고 있을지도 모른다는 생각이 들었다. 공사가 시작되는 단계이므로 진동 롤러가 당장 일할 시기는 아닐 것 같은 예감이 들었다. 전에 현장경험에서 얻은 추측일 뿐이다. 속마음은 아직 일자리가 있었으면 하는 생각이 굴뚝같지만 요즘 현장 돌아가는 일은 알 수가 없었다. 사무실을 열자 김 대리와 눈이 마주쳤다. 첫마디가 "면허증은 찾으셨나요?" 상협은 얼른 호주머니를 뒤적거려 면허증을 뽑아냈다. 재발급을 했다고 큰소리를 쳤다. 김 대리가 축하한다며 기뻐해줬다. 상협은 현장근황과 롤러의 일머리를 물었다

김 대리는 아직 계획이 없다고 했다. 상협은 계획이 없으면 롤러는 안 쓰느냐고 물었다. 확실한 계획은 없어도 곧 쓸 거라고 했다. 상협은 안심을 했다. 갑자기 개코가 떠올랐다. 왠지 모르게 기쁠 때나 슬플 때나 떠오르는 개코가 고마웠다. 기쁨을 전하고 싶기 때문이었다.

상협은 좋은 생각이라도 떠오른 듯이 "김대리님." 하고 불렀다.

"말씀하세요."

"투입할 장비주는 선정하셨나요?"

"아직예요."

상협은 어떤 종류의 롤러가 이 현장에 맞느냐고 물었다. 골프장이기 때문에 진동이 센 롤러는 해당이 없다고 했다. 롤러 무게가 10톤이면 충분하고 진동을 넣고 다닐 때는 까토도로나 골재를 까는 곳과 되메우기 할 때, 흙이 덤프로 실려올 때, 도자가 깔아놓은 흙을 다지면 된다고 했다. 그 외에는 거의 진동을 넣지 않고 작업

을 하면 된다며 장비로는 sv500사까이가 좋다고 했다. 고장도 잘 안 나고 수리비도 싸고 부속도 흔하고 마구 써도 좋다고 설명했다. 상협도 잘 알고 있는 부분이다. 상협은 김 대리 말이 끝날 새 없이 부탁을 했다. 김 대리님이 장비를 한 대 사달라고 했다. 상협은 바싹 달겨들었다. 중고장비 가격까지 말했다. 이천만 원에서 삼천만 원이라고…. 만약 김 대리님이 사시면 사장님이 되시고 자기가 기사가 된다고 했다. "제가 돈이 없으면요?" 웃으며 말했다. 상협은 김 대리님을 사장님으로 모시고 싶다는 말도 빼놓지 않았다. 현장에는 장비기사가 많기 때문에 좋은 장비도 싸게 구입할 수 있다고 일러주자 사장님이 돈 있으면 사시라고 김 대리가 웃었다. 누가 사든 기사는 신상협이라고 한 바탕 웃고는 확실히 써줄 거냐고 확답도 얻어냈다. 현장을 나오면서 이 정도면 일자리는 확실히 박아놨다고 상협은 흡족해 하고 있었다. 만약에 자기보고 사라는 게 확실하다면 개코와 의논할 계획을 했다. 개코의 이혼이 돈 문제가 아니길 바랬다. 만약 개코가 장비를 산다면 현장으로 불러내어 운전을 가르쳐서 스피아로 쓰면 노동해서 잡념도 잊을 거고…. 앞서가는 생각에 흐뭇해하며 머릿속에는 개코가 떠나질 않았다.

흐뭇한 생각에 빠졌을 때 개코한테서 전화가 왔다. 이혼을 해야겠다고…. 상협은 소리쳤다. "임마 안돼 황혼 이혼은…. 병신, 바보 천치, 멍청이, 거렁뱅이, 문열이, 무지랭이, 칠삭이, 마구 소리치고는 전화를 끊었다." 잘은 모르지만 개코는 젊었을 때 힘도 좋고 돈도 잘 벌고 가정에도 큰소리치며 살아온 멋있는 사나이로 알고 있다. 지금은 세월 앞에 무릎을 꿇고 있다. 돈은 마누라 손에 들어가 있고 부동산도 마누라 앞으로 돌려놓은 상태라고 했다. 그는 칠십대다. 모두에게 외면당하고 아내마저도 돌아서려한다. 아마도 개코는 모든 걸 포기하고 찐득한 늪 속으로 빠지려고 하고 있다. 상협은 중얼거렸다. 말려야 한다. 잡아야 한다. 이 세상에 외롭지 않은 노인은 하나도 없다고 가르쳐야 한다. 있는 것 같으면서도 아무것도 없는 이가 개코라고 생각됐다. 그러는 상협이도 무던히 참으며 할마씨와의 사이를 가까이 더 가까이 좁히려고 노력하고 있다.

어느 날 개코가 물었다. "늙은이도 기사로 써 준단말야?" "그럼 롤러 기사는 나이 많은 사람을 선호하지. 아주 늙어버린 사람은 안 되지만." 개코는 어디 일할 데가 있었으면 좋겠다며 자기 일자리도 알아보라고 했다. 삽 들고 괭이질 하는 데야 안되겠지만…. 은근히 상협이 하는 일을 넘겨다 보고 있었다. 눈치 빠른 상협은 늘 마음에 먹었던 계획을 꺼내보기로 했다. 충고도 했다. 모든 일은 하고자 하는 마음이 있어야 할 수 있고 하겠다는 마음의 준비가 있어야 일이 시작된다고 했다. 한 번 시작하면 끝장을 보는 각오와 오기로 꾸준히 노력해야 성공할 수 있다고 말해주었다. 개코는 상협이 말이 끝나자 일을 시작하는 사람치고 각오 없이 하는 사람이 어딨냐고 비웃더니 "차 안에는 에어콘도 있지?" 롤러에 관심이 있냐고 상협이가 물었다.

"있으면 뭐해 할 줄도 모르는데."

"몰라도 돼."

상협은 단호하게 말하고 롤러는 앞으로 기고 뒤로 기는 것밖에 없다고 했다.

속도가 느리니 천천히 핸들만 꼭 잡고 있으면 된다며 땅 다지는 데 급하게 다질 필요도 없고 오히려 천천히 놀아가며 구석구석 다 져야 하고 느리게 안전하게 작업하기 때문에 나이 먹은 분들을 쓰고 있다고 일러주었다. 상협은 개코를 기분 나쁘지 않게 스스로가 하고 싶어 부탁하게끔 바라고 있었다. 한 발 다가선 기분으로 관심 있게 물었다. 요즘 골치 아픈 일은 없는지, 부부관계는 원만히 해 결해 가는지, 자식들과 사이는 좋은지 당장 내일 일거리가 있다면 나갈 수 있는지도 물었다. 그는 다 알면서 뭘 자꾸 물어보냐고 당 신답지 않다고 묵살하고 나섰다. 상협은 몰라서가 아니라 나이 먹 어 시도하는 일이니 가까운 사이에 성과도 없이 금이라도 갈까 두 려워서다. 맘먹은 생각들을 털어놓았다. 먼저 진동 롤러를 당신 이 름으로 사고 사업자를 만들어 회사에 제출하고 일이 시작되면 상 협이가 기사로 일할 거라고 했다. 월대로 한 달에 삼백만 원이 나 오고 기사 월급은 한 달에 백만 원이며 이 년은 유지해 줘야 된다 고 못박았다. 롤러가 얼마짜리냐고 개코가 물었다. 이천오백에서 삼천만 원이고 이 년 후에 하기 싫으면 산 가격에 인수하겠다고 상 협은 자신 있게 말했다. 개코가 그런 돈이 어디 있냐며 펄쩍 뛰었 다. 상협은 그의 말을 얼떨결에 누질렀다. 아들이 둘씩 되면서 그 것 하나 해결 못하겠냐고 반박했다. 상협과 개코는 갑자기 조용해 졌다. 침묵이 지나자 개코가 두 눈을 비비며 자식들한테는 부탁해 본 일이 한 번도 없다고 했다. 정히나 형편이 안 되면 이번 기회에 한번 자식들의 의중을 떠보라고 충고를 했다. 개코가 생각해보겠다며 자리를 일어났다. 상협은 혼자 중얼거렸다. 내가 해줄 수 있는 마지막 기회야 후회할 것 없어 이보다 더 좋은 기회는 없을 거라고 장담하고 있었다. 자기가 돈이 있으면 월 삼백은 벌수 있는 현장을 아쉬워하고 있었다. 상협은 김 대리한테서 장비를 사갔고 들어오서도 좋다는 연락을 며칠 전에 받았었다.

개코는 보름이 지나도록 아무런 연락이 없었다. 혹여 자식들한테 부탁해보라는 말이 서운했을 수도 있었다. 개코한테서 전화가 왔다. 자기 집 근처에 잘하는 오리집이 있으니 소주 한잔하러 와달라고 했다. 저녁 7시 능원오리집이다. 상협은 그럼 그렇지 하고 승낙했다. 상협이가 도착했을 때 아들 녀석 둘은 벌써 와있었다. 개코가 아들을 소개시켰다. 이쪽이 첫째고 둘째라고 둘은 일어나 공손히 머리를 숙였다. 막내는 금방 눈에 들어왔다. 코가 아버지를 닮았기 때문이다. 필경 이 자리는 롤러 이야기가 나올 거라고 예측했다. 개코 자신이 해결할 일이지 상협이까지 불러내어 보증이라도 세우려는 개코가 괘씸하고 치사한 마음이 꿈틀거렸다. 모두가 앉자 커다란 그릇에 오리 백숙이 들어왔다. 위에는 초록색 부추가 수북이 얹혀있었다. 술을 시키자 주인은 어떤 술이냐 물으면서 익혀 나온 것이니 끓기 시작하면 드시라고 일러주었다. 빈 잔을 내려놓을 적마다 애들이 따르는 것을 상협은 술병을 뺏어들었다. 개코와 둘이서 따라 먹자며 두 아들에게도 번갈아 따라주었다. 오리백숙은 맛이 있었다. 한약재 대추 밤까지 넣었고 부추는 익을 새 없이 집어가자 더 시켰다. 첫째가 입을 열었다. "아버지 하실 말씀이

뭐지요?" 개코는 다 먹고 하자며 오리고기를 아들에게 건져주었다. "저희들이 알아서 먹을게요." 둘째가 말했다. 맘에 든다는 소리는 아니었다. 상협은 빙긋이 웃음이 나왔다. 부러웠다. 아들 하나 없는 게 한쪽 가슴이 허전했다. 세상에 부러울 게 없어 보였다. 주인이 국수사리를 들고 왔다. 개코가 한약제를 건져내고 넓적한 물국수사리를 넣고 가스 불을 올렸다. 잔이 오고갈수록 분위기가 좋아보였다. 국물에 익혀진 국수도 맛이 일품이었다. 개코가 입을 열었다. 너희들한테 꼭 할 이야기가 있어서 불렀다고…. 괴로운 심정을 털어놓고 있었다. 돈벌이를 해야 하는데 몸으로 때우는 일은 할 수 없고 주는 데도 없다고 했다. 마침 일자리는 생겼지만 들어오라는 조건이 있다고 했다. 회사에서 요구하는 장비는 땅 다지는 진동 롤러인데 일자리는 이 년을 필요로 한다니 사가지고 들어가야 하는데 장비 살 돈이 없어 너희들을 불렀다고 했다. 말이 떨어지기가 무섭게 첫째가 물었다.

"운전은 누가 하구요?"

"기사를 써야지."

"장비값은요?"

"3천만 원이다."

"그 많은 돈이 어디 있어요?"

그런 일이 있어 너희들을 불렀다고 했다. 첫째가 버럭 소리를 질렀다. 돈은 준비할 수도 없고 동생은 사글세방에 살고 저는 간신히 전셋집에 들었는데 아이 키우랴 약간의 여유도 없다며 눈알을 부라렸다. 솔직히 말한다는 놈이 아버지가 저희들한테 해준 게 뭐가

있냐고 화를 내고 있었다. 개코가 화를 냈다. 무엇을 해줬어야 하
는데 너희들을 낳아서 젖먹이고 키워서 가르치고 살림까지 내줬으
면 됐지 뭘 더 해주냐고 화를 내며 큰 놈을 윽박질렀다.

"전 해드릴 수 없어요!" 큰놈이 거칠게 음성이 커졌다.

"없어?"

"네 없어요!"

"장남이라는 게 고작 고거냐?"

"예! 고작 이겁니다."

"괘씸한 놈 너 어렸을 때 너희 엄마 젖 먹고 자랐거든 젖값이나
내놔라 임마."

"그게 얼만데요?"

"2천만 원."

"그걸 왜 아버지를 드려요, 엄마를 드려야지?"

"너희 엄마를 누가 벌어 먹여 젖이 나왔는데 이 애비가 골빠지게
벌어 먹여서 젖이 나온 거야 임마 알기나 하냐?" 개코 말에 큰놈은
더욱 완강했다. 아버지는 사업하실 생각 마시고 엄마한테 이혼 안
당하려면 조용히 계시라며 아버지는 "노인이세요, 노인." 하며 젊은
이들도 일자리가 없어 난리라고 소리지르며 나가버렸다. 상협은 껄
껄거리며 웃고 있었다.

둘째가 무릎 꿇고 두 손으로 지 아버지 술잔에 술을 붓고는 상협
이 잔을 쳐다봤으나 술이 남아있었다. 대뜸 아버지는 좋으신 친구
분이 있어서 행복하시겠다고 말했다. 상협이 얼른 받아 어째서 그
런 생각을 하고 있느냐고 물었다. 아버지 괴로움을 우리 가족과

함께 의논하시기 때문이라고 대답했다. 상협은 고개를 끄덕이며 다음 말을 기다렸다. 막내가 장비 살 돈을 해드리겠다고 말했다. 개코가 눈을 부라리며 사글세방에 살면서 그만두라고 소리쳤다. 막내는 회사에서 무주택자 내집 마련 대출이 있어 신청하면 된다고 했다. 둘이서 버니까 집은 몇 년 늦게 장만해도 되고 대신 아버지 손주는 늦어질 거라고 웃고 있었다.

상협은 놈이 저렇게 여유 만만한 태도가 대견스럽고 야무져보였다. 상협이가 입을 열었다. 장비를 사면 너희 아버지 앞으로 이전을 하고 자신이 기사가 될 거라고…. 면허증을 딸 수 있게 운전도 가르치겠다고 말했다. 막내 놈은 벌떡 일어나 "감사합니다. 아저씨!" 하고는 고개 숙여 인사를 했다. 애비 닮은 코를 가진 놈이 사람 노릇을 하는구나 하고 작은 개코가 맘에 쏙 들었다.

해가 오른다. 이슬은 햇살을 가득 머금고 붉게 반짝이고 있었다. 상협은 기지개를 힘껏 켰다. 아침 공기를 마음껏 들이마셨다. 몸속에 가라앉은 찌들고 탁한 공기가 밖으로 나왔다. 스며오는 흙냄새가 상쾌했다. 기다리고 바라던 소원도 이루어졌다. 우연히 만난 김 대리한테 취직을 부탁한 것도 이루어졌다. 잊어버렸던 면허증도 해결되었다. 생각한 대로 사장도 개코가 되었다. 자기가 우려했던 기사도 되었으니 더 바랄 바가 없다. 열심히 일만 하면 될 것이다. 장비도 내 것처럼 관리하고 백수로 놀고 있는 개코도 끄집어내어 운전을 가르칠 속셈이다. 부부관계가 점점 험악해져 집에 들어가는 것조차 괴로워하는 그를 눈치채고 있었다. 상협이가 주장

하는 황혼 이혼은 안 된다는 뜻을 이해라도 한 것처럼 아무 말이 없었다.

개코를 현장으로 불러냈다. 보라는 듯이 롤러 안으로 불러들여 큰소리로 말했다. "잘 봐 레버를 앞으로 밀면 앞으로 가고 뒤로 밀면 뒤로 간다. 가운데 놓으면 중립으로 서게 된다. 중요한 것은 백미러를 볼 줄 아는 거지만 무시하고 앞범퍼 우측 모서리에 붙어있는 국기봉을 잘 봐. 후진할 때는 머리를 백팔십도 뒤로 제쳐 유리창 밖으로 엔진 본네트 우측 끝을 보고 후진해야 한다." 말을 마친 상협은 지금은 몰라도 된다며 부담 갖지 말라고 했다. 후진할 때 롤러가 삐뚤삐뚤하게 핸들조작을 해서는 안 되고 반듯하게 일자로 작업을 해야 한다고 일렀다. 작업을 효율적으로 하는 방법은 한 번에 다져놓은 롤러 자국을 후진시 반쯤 겹쳐하며 후진하면 작업이 끝날 무렵에는 두 번 다진 폴이 된다고 일렀다. 한마디로 롤러 작업은 앞으로 갔다 뒤로 갔다만 하는 작업이라고 몇 번을 강조했다. 속도는 아주 천천히 다녀야 작업능률을 내는 것이고 도로가 경사진 곳을 작업할 때 10톤 무게가 내리 쏠리는 만큼 작은 속도에도 곱으로 탄력이 붙어 하행하므로 미세한 속도로 넣었다 뺐다 해야 한다고 주의를 줬다. 기사마다 자신의 습관이 조금씩 다르다고 했다. 롤러 운전에 가장 중요한 작업은 높은 둑을 쌓아 올릴 때 둑이 올라가면서 도로가로 끝까지 다지려고 드럼이나 바퀴가 사이드 끝까지 나가서는 절대로 안 된다고 명심하라고 일렀다. 도로가 지면은 단단하지 못하므로 전체가 기울어져 넘어가면 기사가 나올새 없이 롤러 전체가 넘어간다고 경고했다.

어느 장비고 위험성은 다 있으나 처음부터 주의 깊게 배우고 자기만의 작업 방법을 터득해야 할 것이며 자동차 면허가 있으니 배우는 데 어렵지 않다고 개코를 위로하고 있었다. 상협은 롤러에서 내려와 조수대 쪽 문을 열고 개코를 나오라고 했다. 내려올 때는 손잡이를 찾아 꼭 잡고 내려와야 한다고…. 핸들에서 바닥까지가 높기 때문에 잡는 것을 잘못 잡으면 그냥 떨어지는 안전사고가 종종 난다고 당부했다. 오르고 내릴 때 발판을 안전하게 밟으라고 강조했다. 개코가 차에서 내려와 사방을 둘러보았으나 아무도 없었다. 이번에는 개코를 운전대 의자에 앉혔다. 먼저 주행 레바가 중립에 있나 확인하고 키를 넣고 시동을 터뜨린다. 시동이 터지면 알피엠을 2200으로 유지해야 하고 항시 십 분 전에 출근해서 워밍업을 해야 한다. 작업이 시작되면 왼손으로 핸들을 잡고 사이드를 푼 다음 오른손으로 중립에 있는 레버를 앞으로 천천히 밀어준다. 약간 속도를 주려면 주행레버를 앞으로 조금씩 밀어주면 되고 뒤로 가려면 중립으로 밀어 당겨주면 방향이 뒤로 바뀐다고 가르쳤다. 지금까지 설명한 내용을 한 달은 반복 연습해야 귀에 조금씩 들어올 거라고…. 실습은 현장 사정에 따라 할 수 있으나 매일 나와 차 안에서 작업하는 동작을 보고 익히는 것은 회사와 아무상관 없다고 개코를 위로했다. 높은 분들이 알면 뭐라고 할 게 아니냐고 걱정스럽게 물었지만 만약을 대비해서 기사가 못나올 경우 예비 기사를 훈련 중이라고 하면 높으신 분도 좋아할 거라고 일러주었다.

여름 해는 길었다. 오후 일과가 시작되었다. 현장은 작업열기로 가득한다. 시원한 바람이 먹구름을 몰고 왔다. 금새 장대비가 쏟아지기 시작했다. 누구의 지시가 없어도 장비들은 모두 자연스럽게 스톱되었다. 덤프 도쟈 포크레인 그레이더 진동 롤러…. 물 먹은 흙덩이가 장비의 횔이나 트랙에 달라붙으면 장비는 움직여서는 안된다. 빗속에서 작업하다가 엔진과 유압라인을 무리해서 부하가 걸리게 되면 장비가 고장날 확률이 많다. 롤러는 원통으로 되어있는 쇠드럼을 차고 있기 때문에 드럼 전체에 흙이 달라붙으면 한 발짝도 움직일 수가 없다. 롤러 운전석 좌측으로는 두 사람이 앉을 수 있는 공간이 있다. 한 말 들이 빈 엔진 오일 통을 뒤집어놓고 방석까지 깔아놓았다. 개코는 통 위에 앉아서 며칠째 상협의 운전 모습을 지켜보고 배우고 의문이 가면 묻고 있었다. 창 밖에 빗소리는 요란하게 들렸다. 땅 속 깊은 곳에서 올라오던 지열이 빗방울에 씻겨 도랑을 타고 흘러가고 있다. 상협과 개코는 무더운 여름 날씨가 식어갈수록 깊은 오수에 빠져들었다. 빗방울은 더욱 세차게 유리벽을 때리며 문을 흔들고 문틈을 비집고 들어온 빗방울이 소리쳤다. "정신 차려 이놈아!" 상협이 움찔하여 눈을 뜨려 했지만 꿈속을 뛰쳐나오지 못했다.

바람은 찢겨져 휘파람 소리를 내며 유리를 비집고 들어왔다. 번개는 상협의 두 눈을 후벼 파고 있었다. 천둥소리는 모든 산을 흔들어 놓았다. 하얀 불덩이가 시야를 뒤덮으며 벼락을 쳤다. 롤러는 벼락불에 훨훨 하얗게 타고 있었다. 상협과 개코는 불속을 뛰쳐나왔다.

상협은 얽매인 한을 말하면서. "할마씨가 이혼을 하재." "뭐? 너는 왜?" 개코 얼굴이 어두워졌다. 할마씨 이름은 박은실이고 황해도 연백이 고향이다. 일사후퇴에 어머니 손에 끌려 남으로 피난 왔을 때가 다섯 살이다. 그 무렵 상협이도 열두 살이었고 함흥에서 부모님과 인천으로 내려와 자리를 잡았다. 전쟁이 끝난 후라 갖은 고생을 견디며 닥치는 대로 일을 했다. 전쟁으로 폐허가 된 현장은 상협의 일터이자 목숨을 부지하는 밥그릇 같은 곳이었다. 현장에는 노동자들의 밥을 해주는 함바집이 있었다. 거기서 일하는 아주머니가 은실이 엄마다. 은실이는 엄마의 얼굴을 똑같이 빼닮았다. 은실이는 아빠가 없었다. 어렸을 때는 다리 밑에서 주워왔다고 했고 커서는 전쟁터에 나가서 돌아오지 않았다고 했다. 은실이가 성년이 되어 상협과 결혼을 했다. 어느 날 은실이 엄마는 상협과 은실이를 앉혀놓고 은실 아빠 이야기를 들어보라고 했다. 처녀 시절에 고향에서 야학을 다녔다. 일본인 선생한테 일본말을 배웠다. 그와 무슨 대단한 애정이 있었던 것도 아니라고 했다. 서로 만남이 길어지다 은실이를 갖게 되었다. 거의 만삭이 될 무렵 은실이를 뱃속에 두고 일본인 선생은 만주로 떠났다. 은실이가 크면 전해주라고 군번이 매달린 목걸이를 주고 떠났다. 은실이는 칠십이 되어서도 엄마가 주고간 목걸이를 버리지 않았다. 이제껏 그를 미워하다가 아빠를 찾으러 일본을 가겠다는 고집이다. 상협은 벌써 죽었을 거라고 이야기하면 그건 모르는 일이라면서 비행기 값과 일본에 머물러 찾는 동안 먹고 써야 할 경비를 내놓으라고 했다. 몇 년째 말로만 주겠다는 약속이 화근이 되어 이혼을 하자는 게 결론이다.

상협은 약속을 지키려고 현장에 와 있다고 말끝을 흐렸다. 듣고 있던 개코가 어처구니없는 상협의 입장을 가슴 아파하고 있었다. 이유야 다르지만 이혼하자는 처지는 같은 입장이었다. 상협의 이혼 사유를 듣던 개코는 아내와의 이혼을 솔직하게 이야기하겠다고 말했다. 개코의 아내는 너무도 가난한 환경에서 자랐다. 배고픔을 잊으려고 책을 읽었다고 하니, 이해할 수 없을 만큼 가난했던 어린 시절이었다. 읽은 만큼 문학에 굶주린 소녀였다. 직장을 다니며 문학을 하기엔 꿈같은 생각일 뿐 꿈은 깊은 늪으로 빠져있었다. 개코와 결혼해서도 글 쓰는 소원은 버리지 못했다. 지금은 글이 나오지 않는다고 개코를 물어뜯었다. 개코가 대신 써준다고 큰소리쳤다. 고향에 옹달샘 이야기를 읽고 난 후에 물에 사는 고기는 다 잡아다 어디다 팔아먹었냐는 식이었다. 더 늙기 전에 꼭 써야 하는데 함께 살면서는 쓸 수 없다는 것이 이혼의 이유라니…. 개코는 내가 소설을 꼭 써줄게 빌면서 살아가고 있다고 말했다.

듣고 있던 상협이가 난색을 하며 소리쳤다.

"네가 소설을 쓴다구?, 소설을 써! 글을? 개코라 그래라."

"그래 나 개코야 뭐가 잘못 됐니?"

창밖에 빗줄기는 희망을 가지라는 듯 줄기차게 쏟아 붓고 있었다.

메카의 은하수

그가 픽 앞을 세웠다. 키를 꼽아둔 채 세탁물을 들고 나왔다. 원손엔 캠코더 줄이 감겨져 있다. 뒷모습은 한국 사람처럼 보였다. 키가 작았다. 반바지 차림에 T셔츠를 입었고 셔츠 등판은 구멍이 숭숭 뚫어져 너덜거렸다. 캠코더를 오른쪽 어깨로 고쳐 걸고 곧장 세탁소로 향했다. 주인과 언성이 높아졌다. 주인은 한국 사람이다. 얼핏 보면 둘은 수화하는 것처럼 보였다. 둘은 신경질적으로 싸움을 하는 중이다. 오늘은 구멍 난 팬티를 들고 와서 천을 안팎으로 대고 기워 달라고 한다. 둘은 손짓 몸짓이 더욱 빨랐다. 세탁소 주인은 화를 참느라 얼굴이 일그러졌다. 냄새 나는 팬티까지 미싱으로 돌려 달라는 놈은 처음 봤기 때문이다.

명색이 감독이고 돈도 많이 벌 텐데 사 입든가 자신이 막아 입어야 될 일이라고 했지만, 그는 도무지 이해하려 들지 않았다. 세탁소 주인은 혀를 차며 미싱을 밟았다. 미싱에서 빠져나온 팬티를 못마

땅한 눈빛으로 그의 발 앞에 던졌다. 얼른 집어든 그는 투 리알(사우디 화폐)을 미싱 앞에 디밀었다. 세탁소 주인은 재수 없는 놈, 어서 꺼져버리라고 입속으로 중얼거리며 그의 발밑으로 던졌다. 그는 기다렸다는 듯이 빙긋이 웃으며 돈을 집어넣고 세탁소를 나왔다.

빠른 걸음으로 세탁소 건물이 끝나는 지점에서 샤워장 쪽으로 돌았다. 샤워장 안에서 개 짖은 소리가 요란하게 들렸다. 그는 숨소리를 죽여 가며 유리창 문을 캠코더 두께만큼 열었다. 신속한 동작으로 캠코더를 조작하고 창문을 당겨 고정시켰다. 뒤도 보지 않고 창문에서 떨어져 부지런히 픽 앞 쪽으로 걸어갔다. 픽 앞에 오르자 즉시 사라졌다. 얼마동안 시간이 지난 뒤 다시 샤워장으로 왔다. 캠코더는 그대로 있었다. 안은 조용했다. 캠코더를 빼내어 어깨에 메고 유리창 문을 닫았다.

오전 일과를 시작한 지 한참 지났으므로 이 시간은 모두가 일을 하고 있을 시간이다. 밤 근무를 한 사람들은 오전에 취침하기도 한다. 주위를 돌아봐도 아무도 보이지 않았다. 그는 매우 만족스러웠다. 이름은 제오 스키다. 독일인 감독 일곱 명 중에서 제오 스키만이 와이프와 딸이 함께 살고 있다. 현장에서 들은 이야기로는 와이프 이름은 시라이고 그녀의 키가 남편보다 크고 머리는 금발에 눈은 푸른색이라고 했다. 그의 딸은 대학생인데 방학이 되어 함께 왔다고 한다.

1

방학은 두 달이고 끝날 때쯤에 모녀가 독일로 함께 돌아갈 예정이다. 시라는 우울증이 있으나 심하지 않아 집에서 치료하라는 의사의 지시를 받았었다. 제오 스키는 퇴근하면 가족과 함께 식사 준비도 하고 음악도 들려주고 영화도 함께 즐겨 본다. 시라는 여러 나라의 다양한 풍경이나 풍습을 재미있게 보는 취미를 갖고 있다, 열대지방의 생소한 볼거리를 담다가 보여주는 것도 그에겐 일과처럼 되어버렸다. 기어 다니는 것 중에서도 도마뱀, 고슴도치, 전갈, 쥐, 개미가 기어가는 것 등을 찍어다 보여주고 있다. 홍해 바다 속의 아름다운 풍경은 빼놓을 수가 없다, 형형색색의 열대어들은 희귀한 생김새와 다양한 종류가 수없이 많다. 산호, 미역 등 알 수 없는 풀과 고기들을 찍어다 보여주기도 한다. 오늘은 오전에 찍혀 있을 장면을 생각하며 재미있어 하고 있다. 필경 한국인들이 개를 목욕시키는 장면을 연상하면서 제오 스키는 킥킥 웃고 있었다. 저녁식사 후 시라와 같이 캠코더를 돌려볼 생각이다.

제오 스키가 사무실로 출근하고 있다. 왼손에 들고 있는 샌드위치를 물어뜯으며 걸어가고 있다. 반바지 속에 들어있는 사과 한 개가 그의 허벅지 위에서 튀어나온 것처럼 일렁이고 있다. 오른손엔 신문을 들고 눈을 떼지 않는다. 그는 출근길에 아침식사를 습관처럼 하고 있다, 식사가 끝나고 사과 한 개를 다 씹어 삼킬 때쯤 사무실 문 앞에 도착했다. 마지막 사과 한입을 씹으며 티 보이 앞에 빈 커피 잔을 내려놨다. 파키스탄에서 온 티 보이는 커피를 따라주고 프림과 설탕을 물었다, "노 프림 슈가 투 빠들." 제오 스키의 말이 끝나자 티 보이는 놀란 듯 커다란 눈알을 굴려가며 "오-워-워" 엄살을 떨었다. 각설탕 두 개를 집개로 집어 제오 스키 눈을 살피며 커피 잔에 떨궜다. 티 보이는 감독들의 아침 컨디션을 슈가로 짐작할 수 있었다. 기분이 저조할 때는 각설탕 두 개 이상도 원했고 평범한 컨디션이면 대부분 블랙으로 마셨다. 누구는 한 개를 넣었고 어떤 이는 한 개를 이등분해서 넣었다. 짓궂은 이도 있었다. 한 개를 사등분해서 하나를 넣었지만 그들은 기분에 따라 설탕을 넣어 먹는 것 같았다. 제오 스키가 빈 잔을 가져오자 티 보이가 "옛 설!" 하며 받았다.

　제오 스키는 화난 듯이 돌아서더니 밖으로 나가 픽 앞에 올랐다, 그가 도착한 현장에 박 과장이 먼저와 있었다, 제오 스키는 출발 전에 박 과장과 약속을 하고 온 것이다. 박 과장은 반갑게 인사를 했다. 제오 스키는 인사를 받지 않았다, 갑자기 양손을 휴 저으며 코리아 맨은 야만인이라고 소리치고 있었다. 박 과장이 황당해서 어쩔 줄을 몰랐다. "유 클레이지? 유 클레이지? 헤이 크레이지?"만을 반복했다. 제오 스키는 화를 내고 있다기보다는 흥분하고 있었다, 돌을 걷어차고 주먹으로 손바닥을 치면서 이를 갈고 있었다, 박 과장이 이해를 시키려고 고개를 끄덕이며 흥분하지 말고 차분히 이야기해주길 원했다. 성질을 이기지 못한 그는 자기 나라 말로 소리 지르기도 했다. 박 과장도 소리쳤다. "왜 한국 사람을 욕해! 무슨 잘못이 있어!" 말이 끝나자 제오 스키는 개 짖은 소리를 내며 단숨에 죽이는 흉내를 내고 있었다. 만약에 이 사건이 감독들 귀에 들어가면 당장 말썽이 생길 거라며 감독들은 사우디 본청에 보고할 거고 그렇게 되면 이곳 공사도 정지될 수 있다고 소리쳤다. 박 과장이 직접 봤느냐 한국인 누구냐고 소리쳤다. 제오 스키는 배관공 이름을 정확히 말했고 욕을 하고 있었다. 박 과장 입장에서는 감독들한데 비밀로 해줄 것을 부탁했지만 믿을 수는 없는 일이다. 현장에서 데미지가 났다고 박 과장이 연락을 받았다. 건축부와 토목부도 관련이 되어 있었다. 그중에서도 문제가 심각한 부서는 기계부였다. 식당으로 들어가야 될 물파이프가 나와 있지 않다는 거다. 문제를 찾아낸 것은 독일인 총감독 모칼이다. 그는 성격이 깐깐하다 못해 난폭했다. 키는 크고 얼굴은 붉으며 깡마른 편이다.

2

한 마디로 식당으로 들어오는 워러 라인이 없으면 어떻게 밥을 지를 수 있느냐는 호통이다. 건축에서는 이미 바닥에 시멘트를 바른 상태다. 굳어진 시멘트 밑으로 파이프가 깔려 있어야 했다. 기계부에서 몰랐다는 것은 얼마나 멍청한 사건이냐고 모 칼은 비웃고 있었다, 토목에서 파이프라인이 들어오는 바닥을 파 놓지 않았다, 토목 건축 기계 삼부서가 모칼 한데 곤욕을 치러야 했다. 모두들 도면에 매달리고 있었다. 화가 난 모칼이 지휘봉으로 제오 스키 가슴을 찔렀다. 불똥은 점점 기계부로 번지면서 신 부장을 몰아붙었다. 지휘봉이 신 부장 가슴과 배를 찔렀다. 모칼은 신 부장보다 나이가 한참 어리다. 잘못된 현실 앞에서는 속수무책이다. 중요한 핵심은 도면에 없는 작업은 누구도 할 수 없다. 현장에서는 도면이 곧 법이다. 여기서 사용되는 모든 원부자제는 독일에서 오고 있고 모든 지휘 감독은 독일인이 하고 있다. 도면 역시 독일산이다. 독일에서 오리지널 도면이 오면 필요한 양을 산출해서 복사한다. 각 부서나 현장에서 감독 사무실까지도 도면대로 움직이고 있다. 제오 스키가 오리지널 도면을 펼쳐 보였다. 모두가 확인했지만 워러 라인 표시는 그곳에도 없었다. 제오 스키가 드로잉 회사로 확인해야 될 일이라고 결론 내렸다, 당장 해결될 문제는 아니라며 분위기를 해산시켰다. "도면이 잘못된 걸 누굴 탓하고 지랄이야 개자식들!" "옳은 말씀입니다, 부장님." 박 과장은 직속상관인 신 부장을 두둔하고 나섰다. 이 사건은 감독관들의 다음 지시를 기다릴 수밖에 없는 일이다. 박 과장은 제오 스키가 모칼한데 당한 것은 이해하지만, 신 부장이 당하는 것은 볼 수가 없었다, 신 부장 대신 자기가 당했으면 했었다. 박 과장은 퇴근 무렵이 되어서야 샤워장 사건을 말할 수 있었다. 지금 상황에서 보고를 해야 하나 망설였지만 처음 이곳에 왔을 때 신 부장은 모기 한 마리 날아가는 소리까지도 보고하라는 천명을 들었다. 신 부장 앞으로 다가섰다, 샤워장 사건을 낱낱이 보고했다. 그날 저녁 나는 신 부장이 사무실로 오라는 전갈을 받았다. 퇴근 후에 부르는 것부터가 기분 좋은 일은 아니다. "이 사람아 난리 났네." 인자한 신 부장의 얼굴이 찌그러져 응시하고 있었다. 내가 쳐다보는 순간 이마에 내 천자가 검은 양 눈썹 사이로 벌레처럼 흉물스럽게 보였다. 부장은 두 손으로 마른세

수를 하고는 팔짱을 꼈다. 그가 눈을 감았다. 나는 불안했다.

"부장님!"

"왜 불렀냐구요?"

부장이 벌떡 일어나 몸을 돌렸다. 다시 나를 쳐다봤다.

"자네 개 잡아 먹었나?"

"예, 네?" 어눌하게 말이 튀어나갔다.

"개 잡어 먹었냐구?"

"예, 말복이고 해서요."

"말복? 말복이 뭔데?"

그의 소리가 귓속으로 들어와 고막을 찔렀다. 부장은 "음- 끙 끙" 야릇한 소리를 냈다. 신 부장이 또 침묵을 했다. 팔짱을 고쳐 끼고 는 도로 눈을 감았다. 방안은 침묵만 가득했다. 흐릿한 불빛 속으 로 깨알 같은 이명소리가 날아다녔다. 나는 다리가 저리더니 쥐가 나기 시작했다. 그가 모르게 손가락으로 침을 찍어 코에 발랐다. 밖에서 실외기 돌아가는 소리가 멀리서 들려오는 기차 소리 같이 둘렸다. 밤은 자꾸 깊어가고 나는 기다리다 못해 입을 열었다.

"그것이 잘못됐나요?" 그는 내 말을 가로챘다.

"자네 지금 여기가 어딘지 아나?"

3

나는 입속으로 사우디라고 되뇌며 대답은 하지 않고 그의 눈을 주시했다. 피차 서로 알고 있기 때문이다. 부장의 일그러진 표정이 검게 보였다. 그는 체념이라도 하듯 나를 쳐다보며 충고하고 있었다. "무슬림을 믿은 사람들은 식성이 까다롭다구." 부장이 하는 말에 나는 침묵했다. 나도 잘은 모르지만 그들이 먹지 않는 돼지고기, 개고기, 물고기 중에서도 비늘이 없는 고기는 안 먹는 것으로 알고 있다. 문어, 오징어, 조개류 등등.

"개 잡을 때 감독이 봤나?"

"아니오. 본 사람 없습니다, 샤워장을 잠그고 시작했거든요."

"혼자서 했나?"

"네, 혼자서요."

"감독이 봤다던데?"

"그럴 리가 없습니다." 나는 완강하게 부인하자 부장은 알았다고 했다

"감독이 누구지요?" 다급히 물었지만 박 과장한데 들었다며 내일 말이 있을 거니 나가보라고 했다.

바쁘게 일하고 있는 현장으로 기계부 관리보가 나를 데리러 왔다. 무슨 일이냐고 물었지만 과장님 지시라고만 했다. 사무실에 들어가자 박 과장은 전화를 받고 있었다. 나와 눈이 마주쳤다. 서둘러 전화를 끊으며 의자를 가리켰다. 나는 구부러 인사를 하고 앉

왔다. 나는 기계부 소속이다. 보직은 배관공이고 한국에서 이 회사에 입사할 때 결정적으로 합격한 것은 영어 회화가 가능했던 덕분이다. 박 과장은 나의 직속상관이고 우리는 한 번도 부딪쳐 본적이 없었다.

"개를 잡은 게 사실인가?"

"예 사실입니다."

"사실이라니 개는 어디서 난 거야?" 과장은 소리치며 들고 있던 서류를 책상 위에 팽개쳤다.

"양고기, 소고기가 지천인데 고기에 환장했냐구?"

나는 고개를 숙이고 침묵했다. 개의 출처를 이야기하라는 데 침묵만 할 수는 없었다. 자초지종을 이야기했다. 들개가 식당 앞까지 새끼를 데리고 왔다가 떼여 놓고 간 놈을 길러서 잡은 거라고 뒤끝을 흐렸다. 말끝이 흐려지자 과장은 "여기가 한국이냐!"고 소리쳤다. 제오 스키가 봤다는데 사실이냐고 물었다. 나는 그럴 리가 없다고 말했지만 과장은 믿으려 하지 않았다. 만약 이 사실이 모칼귀에 들어가면 사우디 원청에 보고할 것이고 원청은 여기 공사도 중단하는 데 충분한 이유가 된다고 제오 스키가 난리를 쳤다는 것이다. 박 과장이 나가라고 소리를 쳤다, 나는 정신이 멍한 채 사무실을 나왔다. 이해할 수가 없었다. 개 한 마리 때문에 이 큰 공사가 중단된다는 것은 제오 스키의 농간으로 들렸다. 나는 곧장 샤워장으로 향했다. 어느 틈으로 봤는지 뚫린 구멍만이라도 확인해야 했다. 분명히 샤워장 출입문을 앞뒤를 확인까지 하면서 잠그고했다. 양쪽 벽면으로 샤워 꼭지가 열 개씩 박혀있다. 벽면에는 두

쪽짜리 유리창이 양쪽으로 세 개씩 창문을 냈고 모두 닫혀 있다. 창문을 열어보니 문을 잠그는 장식이 돼있지 않았다. 혹여 안에서 나는 소리를 듣고 밖에서 열어본 것이 아닐까? 바람 소리에 유리창이 흔들렸다. 그때의 순간들이 떨면서 지나갔다. 나는 여기서 개를 죽였다. 박 과장 말이 사실이라도 제오 스키는 근거가 없다. 창문을 열고 보기만 했을 뿐이다. 나는 안도의 숨을 들이마셨다. 비릿한 개고기 냄새가 코끝을 스쳤다. 회식 날 내무반 동료들이 즐거이 먹은 모습이 떠올랐다.

4

갓 익어낸 열대지방의 대추막걸리를 주고받으며 고향의 그리움을 달랬던 말복 때 회식이 생생하게 환영처럼 다가왔다. 술이 취해 밤새도록 엉엉 울던 한 동료는 에어컨 바람으로 냉풍에 걸려 몸이 붓고 숨이 차서 밤잠을 못 자는 이도 있었다. 또 한 친구는 사우디에서 삼 년을 벌어 붙였는데 마누라가 바람이 나 모두 날리고 다시 나왔다며 한탄을 하고 밤을 새웠다. 그뿐인가. 현장에서 마시는 물은 석분이 있기 때문에 요도 결석으로 고생하는 친구도 흔히 볼 수 있었다. 팔다리를 다친 친구의 신음소리에도 마음은 고향집에 가 있었고, 부모 걱정 아이들 걱정들이 술 한 잔 들어가면 한탄의 소리로 밤을 새웠던 말복 때의 기억들이 깨알처럼 떠다녔다.

하루의 시작은 제오 스키 상상에서 벗어나지 못했다. 온통 샤워장 사건으로 씨름하며 잠들곤 했다. 자꾸만 꿈속에서 헛것으로 보였다. 사우디 원청에 보고되면 공사가 중단될 수도 있다는 과장 말이 늘 머릿속에 걸려있었다. 밤이 오면 고통 속에 잠을 잘 수가 없었다. 오늘 낮에는 제오 스키가 캠코더를 메고 지나가는 것을 봤다. 혹시 저놈이 캠코더에 복날 일을 담아 간 것은 아닐까. 추측이 환상으로 머릿속을 들쑤셨다. 잠자리에 들어서도 눈에 가물거리는 감독들의 모습이 악마처럼 보였다. 그들은 샤워장 사건을 부풀리고 헐뜯으며 내 목을 조르고 몸에다 돌을 매달아 깊은 바다 속에 던져 버리기도 했다. 수 근거리는 소리와 기회만 있으면 나를 죽이려 했다. 드디어 제오 스키의 보고를 받은 모칼은 당장 캠코더를 가져오라고 소리쳤다. 순식간에 감독들만의 회의가 소집되었다. 회의실 전등이 꺼졌다. 제오 스키가 캠코더를 작동시켰다. 무거운 침묵이 가라앉았다. 주위를 흔드는 들개의 야성 소리가 샤워장을 진동시켰다. 컹 컹… 깽 깽…. 파이프에 목을 매단 개 한 마리가 벽을 걷어차며 좌우로 발버둥쳤다. 도끼가 번쩍 하고 빛을 냈다 "캥" 외마디 소리에 들개는 머리를 떨구었다. 내가 개의 머리를 도끼로 찍어 내렸다. 매달린 개는 늘어져 앞다리를 모으고 있었다. 어둠속에 감독들은 "우-, 워-" 탄성을 쏟아냈다. 그들은 각기 다른 감정으로 웅성거리기 시작했다. 조용히 하라고 모칼이 소리쳤다. 캠코더는 계속 돌아가고 그들은 다시 머리를 조아렸다. 어둠 속에 눈들이 빛났다. 숨소리를 죽여 가며 빠르게 움직이는 내 손을 하나도 놓치지 않고 세밀하게 관찰하고 있었다. 나는 토치에 불

을 붙여 부숭한 털을 머리부터 끄슬려 내려갔다. 털이 타버린 몸체
는 검은 피부로 변해버렸다. 목사리를 풀어 바닥에 내려놓았다. 예
리한 사시미 칼을 들어 배를 갈랐다. 내장이 온통 바닥으로 쏟아
졌다. 도마 위에 올려진 뼈와 살을 쉴 새 없이 도끼와 칼로 찢어냈
다. 잘려나간 머리통이 발끝에서 굴렀다. 필요하지 않은 것들은 분
리해서 담았고 빠른 동작으로 조각난 살점들을 통에 집어넣었다.
화면은 아무것도 보이지 않았다. 제오 스키가 캠코더를 껐다. 어둠
속은 한숨과 괴성으로 출렁거렸다. 모칼이 불을 켰다. 모두가 어이
없다는 표정들이다. 모칼은 있을 수 없는 일이라며 들개의 죽음을
리 포트해서 제출하라고 지시했다. 그냥 보고만 있을 사건이 아니
라고 흥분했다. 캠코더를 어깨에 메고 집으로 가는 제오 스키의
모습은 긴급회의가 끝난 것처럼 환상으로 보였다. 그들의 회의는
거짓이다. 사실이 아니길 소리치면서 그때의 일을 부정하고 소리치
며 꿈속을 헤맸다. 이튿날 내가 사무실에 갔을 때 박 과장이 신
부장 앞에서 곤욕을 치르고 있었다. 부장 말이 억측으로만 들렸
다. 신 부장은 막돼먹은 말도 서슴지 않았다. 그의 이야기는 박 과
장은 감독 관리도 못하고 기능공 관리도 못하니 갈 곳은 한 곳밖
에 없다는 모욕적인 말을 했다.

5

한 곳이란 곧 귀국을 뜻하기 때문이다. 여기 오기를 얼마나 힘들게 왔는데 돈을 포기하라는 말과 같았기 때문이다. 감독 관리는 드로잉 문제다. 도대체 식당으로 들어오는 물 파이프가 도면에 빠져 있으니 누구의 잘못인가. 해명은 우리가 아니라 감독 사무실에서 해야 될 일이다. 그들이 입을 다물고 있는 한 누구도 해결할 수 없다. 토목건축 기계 3부서가 미결 상태로 남아있다. 기능공 관리란 샤워장 사건을 말한다. 제오 스키한데 국한된 일이면서도 박 과장이 해결해야 될 일처럼 부장은 과장한데 떠넘기고 있었다. 사고 낸 기능공이 기계부 소속이 기 때문이다. 박 과장은 두 문제가 제오 스키한데 걸려있으나 그에게 따지고 덤벼들 일은 하나도 없다. 제오 스키한데 부담을 느끼면서 샤워장 사건은 곪아만 가고 있었지 해결될 기미는 보이지 않았다. 잊을 만하면 신 부장은 이것저것 들고 나와 박 과장을 궁지로 몰다 갈 곳은 한 곳까지 이르렀다. 과장 입장에서는 그럴 때마다 치욕의 순간들이 아닐 수 없다. 신 부장이 나가고 뒤늦게 나를 본 박 과장이 소리쳤다. "엎드려 새꺄!" 내가 엎드리자 사정없이 내리치기 시작했다. 나는 견디지 못 하고 까무러치고 말았다, 각목이 부러지고 나서야 매질이 끝났다. 내가 깨어났을 때 관리보가 다가왔다. 나를 부추겨 의자에 앉혔으나 앉을 수가 없었다. 아랫도리가 빠져 나가는 것처럼 아팠다. 관리보는 박 과장을 두둔하고 있었지만 하나도 귀에 들어오지 않았다. 몸을 추슬러 밖으로 나왔다. 모래 언덕으로 기어올랐다. 허리 잘린 벌레가 되어 엉금엉금 모래 위에 누웠다. 만신창이가 된 엉덩이는 모래 위가 따듯하고 포근해왔다. 육신은 땅속으로 가라앉고 마음은 저 높은 하늘을 응시했다. 사십이 되도록 이렇게 맞아본 적은 없었다. 발악 한번 하지 못하고 바보처럼 버티고 있었다. 한번 잘못한 행동으로 망가져 버렸다. 나는 슬펐다. 엄마가 생각났지만 엄마는 이 세상에 없다. 나 하나만 낳아 놓고 세상을 뚝 떠나 버렸다. 아버지가 엄마를 땅 속에 묻고 오던 날, 그날부터 아버지는 곡기를 끊었다. 아버지는 죽을 각오를 했다. 죽으려는 이유가 있었다. 첫째는 내가 장가를 못 갔기 때문이다. 둘째 이유는 나와 함께 살아줄 여자가 없다는 것을 아버지는 알고 있었다. 그것은 순전히 내 생식기 때문이다. 나 혼자 생각이지만 아버지는 손주를 포기했다기보다는 자식의 성기를 포기했을지도 모른다. 내가 스무 살이 넘었을 때 한 여인이 화를 내며 소리 질렀다. 괴물을 달고 다니는 치사한 놈이라고 그 이후로 한 번도 여자 근처에 가본 적이 없다. 아버지가 죽으려 할 때 입을 귀에다 대고 고막이 터져라 하고 소리 질렀다.

"아버지 순덕이와 결혼할거요?"

"손주를 낳아드릴게요?"

아버지 소원은 대를 잇고 죽는 거였다, 감은 눈을 꼼질거렸다 나는 또 소리 질렀다.

"정말이유 정말?"

아버지 손가락이 신호처럼 오므려졌다. 두 어깨를 끌어안고 벽에 기대 앉혀 세웠다. 아버지는 긴 숨을 들이미 셨다. 눈을 떴다.

아버지는 죽어가는 소리로 친구 이름을 불렀다. 나는 맞다고 대답했다. 순덕이는 아버지가 물어본 그의 친구 딸이기 때문이다. 이튿날부터 아버지는 곡기를 다시 들기 시작했다.

6

순덕이와 내가 사귀는 동안 아버지가 S병원으로 둘을 데리고 갔다. 그의 생각은 나와 순덕이가 결혼을 할 수 있는지 손자도 낳을 수 있는지를 확인하려 했을 것이다. 순덕이 아버지가 죽었기 때문에 순덕이 어머니하고는 상의할 수가 없었다. 며칠 후 아버지와 우리는 결과를 보러 다시 병원에 갔다 의사는 아버지의 뜻하는 바가 가능하다고 했다. 아버지는 의사의 손을 두 손으로 꼭 잡고 고맙다며 울었다. 순덕이 아버지는 죽기 전에 부도를 냈다. 형제들과 순덕이 외갓집까지 못 살게 만들고 죽었다. 아버지는 순덕이네 빚을 거의 떠안다시피 처리해 줬다. 그런 후에 나와 순덕이를 결혼시켰다. 결혼식이 끝나고 신혼여행도 없이 순덕이를 데리고 병원으로 갔다. 순덕이는 쾌히 수술에 응했고 퇴원한 지 한 달도 못 되어 나는 사우디로 왔다. 내가 떠나던 날 아버지는 기뻐했다. 순덕이도 좋아했다. 나도 기쁘고 우리 가족은 행복했다. 그러나 지금 현실은 달랐다. 온몸을 가누지 못하고 흙바람 속에서 몸서리치고 있다. 여기까지 와서 이대로 죽어갈 수 없었다. 모래를 헤집고 일어섰다. 순덕이와 아버지 앞에 머리를 숙였다. 나는 2년도 다 채우지 못하고 샤워장 사건을 저질렀다. 내가 잘못한 짓이지만 억울하고 슬펐다. 이 고통을 해결할 사람은 아무도 없었다. 억울한 순간들이 응어리져 곪아가고 있었다. 나는 감독사무실로 향했다. 제오 스키를 만나야겠다는 결심이 용기를 주었다. 안에서 노크 소리를 듣고 들어오라고 했다. 그는 반가이 맞아주었다. 샤워장 이야기를 하러 왔으니 묻는 말에 예스와 노로 대답을 원했다. 제오 스키는 알았다며 고개를 끄덕였다. 나는 메모해온 종이를 펼쳐 놓았다.

"샤워장 사건 다음 날 박 과장과 대화했소?"

"예-스."

"감독들이 알면 사우디 본청에 보고될 거라고 했소?"

"예-스."

"본청에서 알게 되면 현장공사가 중단될 수 있다고 했소?"

"예-스."

"왜 그런 이야길 박 과장한테 말했소?"

제오 스키는 사우디에서 오랫동안 공사해 본 경험에서 알라신을 믿는 무슬림들은 충분이 중단하고도 남을 사건이라고 했다.

"캠코더에 샤워장 사건을 담아왔소?"

"예-스."

"지금도 필름을 갖고 있소?"

"예-스."

"모칼이 샤워장 사건으로 긴급회의를 하고 들개의 죽음에 대하여 리포트를 작성하라 했는데 리포트는 누구한테 있소?"

"노- 노, 천만에."

제오 스키는 눈을 동그랗게 뜨고 그런 사실은 모른다고 했다. 샤워장 사건으로 회의한 적도 없고 모칼이 리포트 작성하라는 적도 없었다며 오직 당신의 생각일 거라고 단호하게 고개를 저었다.

"만약 지금도 그 사건이 사우디 본청에 보고되면 공사가 스톱될 거라고 생각하오?"

"예-스, 메이 비."

제오 스키의 말은 당당했다.

나는 의자에서 내려 땅바닥에 앉아 무릎을 꿇고 용서를 빌었다. 두 번 다시 개 잡는 일은 안 하겠다고 두 손바닥으로 삭삭 빌었다. 제오 스키는 늑대처럼 창문 쪽으로 얼굴을 돌렸다. 옆으로 본 능글맞은 미소만이 나를 조롱하고 있었다. 내가 우습게 보였나 보다. 치사하고 더러운 생각이 올라왔다. 의자로 놈의 머리통을 날리고 싶었다. 그러나 나는 머리를 더 숙였다.

7

제오 스키가 얼굴을 돌렸다. 소리 없는 그의 미소가 더욱 징그러웠다. 그는 웃으며 마마미아를 연발했다 나는 마지막으로 부탁한다고 했다. 제발 없었던 일로 해 달라고 애원했다. 그가 입을 열었다. 그리고 물었다.

"그렇게 해 주면 내게 무엇을 해줄 거요?"

"내가 할 수 있는 범위에서 원하는 것을 들어 주겠소."

"정말이요?" 그가 반갑게 웃었다.

"예-스." 나는 제오 스키 눈을 뚫어져라 쏘아봤다.

"오 -케이." 그가 승낙했다. 나는 고맙다고 소리쳤다. 그의 두 손을 잡고 흔들었다. 나는 뒷주머니에서 지갑을 꺼내 2백 리알을 뽑아 그에게 주었다. 그는 돈을 반으로 접어 셔츠 왼쪽주머니에 넣었다. 제오 스키가 손깍지를 끼고 머리 뒤로 가져갔다. 자기를 위해서 내가 할 일이 있다면서 자기 집에서 저녁식사에 초대할 테니 와달라는 것이다. 나는 기꺼이 가겠다고 했다. 특별한 날이냐고 물었으나 아무 날도 아니고 가족과 함께 식사하고 싶다는 것이다. 나는 당신하고라면 몰라도 가족과 함께라면 이해가 안 간다고 했다. 침묵이 흘렀다. 나는 유명한 스타도 아니고 예술가는 더욱 아니라고 했다. 내가 웃자 그도 웃으며 사실은 딸아이가 한국인은 왜 개고기를 먹는가를 직접 물어보고 싶어한다고 했다. 자기 와이프도 직접 개를 죽이고 먹은 한국 사람을 보고 싶다는 것이다. 사실은 한국인 현장에 있으면서도 한국 사람을 앞에 놓고 직접 본 적은 없다고 했다. 그는 또 개고기를 먹게 된 동기를 자세히 설명할 수 있도록 공부해 오라고 충고했다. 식사 후 캠코더를 돌려보고 필름을 통째로 가져가라는 것이다. 그러면 당신이 원하는 대로 아무도 모를 것이며 감독들이나 사우디 원청에도 보고되지 않을 거라고 웃으며 어깨를 두드렸다. 나는 고마웠다. 초대 받으면 작은 선물을 가져가고 싶은데 무엇이 좋으냐고 물었다. 그는 원치 않는다고 하다가 자기 와이프 시라가 람부탄을 좋아한다고 했다. 나는 얼른 람부탄을 사 가겠다고 했다. 제오 스키는 고맙디며 백 리알을 뽑아

내게 주었다. 나는 제오 스키 사무실을 나오는 순간 날아갈 듯이
기뻤다.

　다음 달이면 이곳 생활의 2년이 끝나는 달이다. 일 년을 더 연장
하는 이야기가 벌써 있었지만, 내게는 아직 이렇다 할 소식이 없
다. 연장을 하고 싶은 것은 내 욕심이고 지금 당장 귀국시키지 않
은 것만으로도 다행스럽고 감사할 뿐이다. 샤워장 사건으로 평점
은 최악일 것이다. 집에서 편지가 왔다. 떠나 올 때 3년을 약속했
지만 아버지가 자식이 보고 싶다고 2년만 하고 돌아오라고 순덕이
한데 편지쓰기를 매일 강요하신다고 쓰여 있었다. 사고를 낸 내 현
실을 알기라도 하듯 나도 아버지가 보고 싶었다. 가정 형편으로도
1년은 더 벌어야 한다. 더구나 샤워장 사건이 해결되었으니 연장하
는 문제는 기대해도 될 성싶었다. 제오 스키가 집으로 초대했다.
황홀한 순간이다. 흥분을 억제할 수 없었다. 나는 샤워를 마치고
해가 넘어가지 않은 서쪽을 바라보며 람부탄 자루를 픽 앞에 실었
다. 독일 사람들의 가정 분위기를 보고 싶었다. 제오 스키의 아내
와 딸은 어떻게 생겼을까. 부부 간의 침실도 상상해봤다. 남자들만
살아가는 이곳에 여자가 있다니 꿈같은 현실이 다가오고 있었다.
차들이 주차된 옆으로 픽 앞을 댔다. 또 다른 나라에 들어서는 기
분이다. 여기에 이런 집들이 있다니 작은 도시를 보는 듯했다. 람
부탄 자루를 들고 마당으로 들어섰다. 정원이 꾸며져서 넓어 보였
다. 오른쪽 화단에는 열대식물들이 즐비하게 심어져있다.

8

용설난이 유독 커 보였다. 알 수 없는 꽃들이 피어 있다. 한쪽으로 철봉대가 대·중·소로 세워져 있고 평행봉도 두 개나 보였다. 집들은 일자형으로 세워진 단층집에 옥상이 없었다. 처마는 몹시 두꺼웠다. 위에서 내리쬐는 태양열을 막아주고 있었다. 제오 스키 집은 맨 끝이라고 했다. 그의 집 현관 앞에 전등이 켜져 있었다. 벨을 눌렀다. 제오 스키가 문을 열며 반가이 맞이했다. 집안은 넓었다. 거실 바닥은 잿빛 양탄자로 깔려있었다. 우리가 사는 내무반보다 시원하지는 않았다. 벽 쪽으로 몰아 놓은 소파는 한눈에 보아도 값싼 목재로 만들어져 있었다. 등받이와 방석은 체크무늬 천으로 씌워져 있었다. 코가 뾰족한 노랑머리 여인은 비키니에 가까운 흰색 핫팬츠를 입었고 소매 없는 티 무늬는 빨간 흰색 초록으로 띠를 두르고 있었다. 앞가슴 반달형 티 너머로 그녀의 가슴이 보일 듯했다. 그녀가 오른손을 길게 뻗어 뒷다리 두 개를 잡고 왼 손으로는 앞다리 두 개를 쥐고 있는 동물이 개처럼 보였으나 고양이를 안고 있었다. 제오 스키가 시라를 소개했다. 나도 반갑게 웃으며 인사했다. 그의 딸이 나왔다. 영화에서나 본 듯한 승마복을 입고 있었다. 키는 2미터는 돼 보였다. 유럽풍에 하얀 옷을 입었고 양쪽 어깨엔 노리개처럼 생긴 노란 휘장을 달고 있었다. 식사 후에 승마교육이 있다고 소개했다. 짝 달라붙을 하얀 바지는 딸아이의 힙을 더욱 또렷이 보이게 했다. 거실 벽에는 그림과 가족사진들이 액자에 넣어 붙어있고 군데군데 조그만 조명등을 달아 사진이 돋보이

게 했다. TV가 있지만 테이프로 영화만 본다고 한다. 제오 스키가
식탁으로 안내했다. 그가 와인 한 병을 들고 왔다. 나는 초대해 줘
서 고맙다는 말을 잊지 않았다. 둥근 접시에는 양배추를 잘게 썰
어 담아 놓았고 오이, 토막방울토마토, 소시지, 번들번들 한 초록
색 완두콩, 그 옆에는 두툼한 스테이크를 갈색 소스에 발라 놓았
다. 좌우에는 포크, 나이프, 티스푼이 정돈되어 있었다. 케첩, 버터
가 있는 옆으로는 대나무 바구니에 방금 구운 듯한 먹음직스런 빵
이 가득했다. 그들은 기도했다. 제오 스키는 이곳에 와 처음으로
손님을 초대했다며 웃음으로 식사를 권했다. 나도 초대받아 본 것
은 처음이라고 했다. 그들은 돌아가며 이야기했다. 씹으면서 삼키
면서 웃으면서도 말을 했다. 조용히 먹질 않았다. 물론 독일말로
했고 손님을 초대해 놓고 기쁘고 즐거워서 떠드는 것이 역력했지
만 한편으로는 나를 흉보는지도 모른다는 생각이 들었다. 딸아이
가 "미스타 킴!" 하고 나를 쳐다봤다. 나는 대답했다. 더듬대는 영
어 속에는 독일어 발음이 들어있었다. 그녀는 샤워장에서 있었던
일을 필름으로 봤다며 코리아가 생겨나면서부터 개고기를 식용으
로 먹었느냐고 묻고 있었다. 나는 며칠을 준비한 내용을 떠올리며
와인으로 입을 비웠다. 딸아이가 묻고 싶어한다는 말을 제오 스키
한데 들은 적이 있었다. 나는 약간 굳어진 얼굴로 입을 열었다 "코
리아는 차이나와 붙어있다. 재팬은 코리아와 떨어져 있다. 아주 오
래 전 차이나가 전쟁을 일으켜 재팬을 쳐들어갔다. 차이나는 코리
아 땅을 밟고 지나가서 일본과 싸웠다. 그것이 청일전쟁이다. 시간
이 오랫동안 흘러 과거가 되었다. 이번엔 일본이 중국을 쳐들어갔

다. 일본은 코리아 땅을 밝고 지나가서 중국과 싸웠다. 그것이 세계 2차 대전이다. 코리아는 차이나와 재팬 사이에서 시달렸다. 코리아 사람들은 몹시 배가 고팠다. 집에서 기르는 동물들을 잡아먹기 시작했다. 소, 닭, 개, 토끼 그리고 산과 들에 사는 동물들도 잡아먹었다. 그때의 호기심과 습관이 대대로 전해져 내려왔다. 집에서 기르는 닭처럼 도그를 잡아먹었다." 나는 와인으로 입을 추기며 그의 딸을 쳐다봤다. 시라의 딸은 고개를 끄덕이더니 전설 같은 이야기라고 했다. 말해줘서 고맙다며 승마 레슨을 이야기하고 자리에서 일어났다.

9

제오 스키는 이해가 간다고 말했지만 시라는 자기 나라에서는 절대로 도그는 먹지 않으며 죽을 때까지 보살펴 주고 사람과 똑같이 죽으면 묻어주고 비석까지 새워준다고 입을 빈정대고 있었다. 제오 스키가 커피는 거실 T테이블에서 마시자고 했다. 시라는 쟁반에 내가 가져온 람부탄 봉지를 담아왔다. 커피 냄새가 향긋했다. 프림과 설탕은 보이지 않았다. 그들은 불랙으로 마셨다. 시라가 쟁반 위에 람부탄을 꺼내놓고 까먹기 시작했다. 열대지방에서 생산되는 람부탄은 주로 원산이 말레이시아에서 생산되고 밤색의 부드러운 털과 약간 신맛을 자랑했다. 우유 빛 알맹이는 입에 넣으면 감촉이 좋고 씹을수록 신선한 맛이 난다며 그들은 즐겨 먹고 있었다. 제오 스키가 웃으며 독일산 맥주 한 캔 하겠냐고 내게 물었나.

대답도 하기 전에 시라가 먼저 원했다. 제오 스키는 우리는 친구 사이라고 말했다. 우리는 서로 이해할 수 있다고 강조했다. 나도 같은 생각이라고 대답했다. 제오 스키가 샤워장 이야기로 화재를 돌렸다. 그는 사건이 끝나고 샤워를 했느냐고 내게 물었다. 나는 끄덕이며 그때를 인정했다. 대화가 끊어졌다. 그때 시라가 감탄하는 목소리로 미스타 킴은 람부탄을 갖고 있다고 말했다. 제오 스키가 람부탄 껍데기를 조금 떼어 내고 흔들어 보였다. 나는 양 손바닥을 내보이며 두 팔을 흔들며 없다는 모션을 쓰면서 입을 샐쭉해 보였다. 제오 스키가 람부탄을 흔들어 보이며 시라가 당신의 페니스가 람부탄을 닮았다고 고집한다는 것이다. 몇 주일째 보기를 원했고 독일로 돌아갈 날도 얼마 안 남았으니 미 스타 킴을 초대하라고 졸랐다는 것이다. 그럴 때쯤 내가 자기 사무실로 찾아와 샤워장 사건을 없던 일로 해달라는 부탁에 자기가 오케이했더니 2백 리알을 주어 받았다는 것이다. 나는 사실이라고 인정했다. 그러고 초대에 승낙했었다. 나는 내 몸 한구석에 붙어 있는 괴물을 떠올렸다. 나는 깜짝 놀랐다. 제오 스키가 들고 있는 람부탄과 내 괴물이 닮아 있었다. 제오 스키는 내가 샤워하는 장면을 캠코더에 담다 시라에게 보여준 게 틀림없다는 생각이 들었다. 혹시라도 내가 샤워할 때 찍힌 내 모습을 시라가 봤을까. 머리가 혼란스럽고 화가 치밀었다. 괴물과 람부탄. 이들은 내 비밀을 모두 알고 있는 게 분명하다는 생각이 더욱 나를 슬프게 했다. 나는 캠코더가 어디 있냐고 신경질을 냈다. 기다렸다는 듯이 그들은 나를 침실로 인도했다. 제오 스키가 캠코더를 손에 넣고 한쪽으로 감았다. 벽에

붙은 하얀 화면에 초점을 맞추자 샤워하는 장면이 튀어 나왔다. 앞으로 뒤로 물줄기를 맞아 가며 샤워를 하고 있었다. 엉덩이와 페니스가 보였다. 떨어진 비누를 집으려 할 때 내 얼굴이 클로즈업된 것처럼 크게 보였다. 제오 스키가 "유"했다 나는 갑자기 알 수 없는 전율이 감돌았다. 화면을 정지시켰다. 보여주려는 것처럼 그들이 닮았다는 내 페니스를 보고 있었다. "저것 봐, 람부탄이지." 시라가 말했다. 다시 돌리자 샤워는 끝나고 화면엔 아무것도 없었다. 제오 스키는 캠코더를 끄고는 시라가 말하는 람부탄을 보여줄 것을 노골적으로 명령했다. 내가 침묵하자 제오 스키는 백 리알을 주지 않았느냐고 웃으며 조롱하고 있었다. 화가 치밀어 올라왔다. 치사스럽게 돈 이야기를 들었기 때문이다. 나는 침대에 걸터앉아 바지를 벗어 내렸다. 보라고 소리쳤다. 시라가 똑같다며 만지려 했다. 제오 스키가 두 손바닥을 펴들고 떠밀 듯이 앞으로 일렁거렸다. 고개를 끄덕이며 그러라고 턱으로 신호했다. 괴물이 고개를 들려 했다. 시라가 괴성을 지르며 괴물에게 얼굴을 파묻으려 할 때 나는 벌떡 일어나 문 쪽을 향했다. 어느 틈에 제오 스키가 빠른 동작으로 내 혁대를 감아쥤다. 그는 무릎을 꿇고 제발 람부탄을 시라에게 부탁한다고 애원했다. 그녀는 우울증 환자라고 호소했다. 증세가 심해졌다고 울먹였다. 그가 두 손으로 내게 빌었다. 허리띠에서 그의 손이 빠져나가는 순간 나는 거실로 뛰어나왔다. 신발을 신으려는 순간 제오 스키가 내 팔을 낚아챘다.

10

내 뺨을 힘껏 내리쳤다. 알 수 없는 소리를 지르더니 내일 당장 감독회의를 열고 사건 전부를 모칼에게 보고하고 사우디 원청에도 서류를 제출하겠다고 소리 질렀다. 그 소리에 나는 무릎을 꿇었다. 그것만은 말아 달라고 애원했다. 제오 스키가 호통을 치기 시작했다. 우악스런 독일말로 숨을 몰아쉬면서 헛손질을 해댔다. 그의 손짓 발짓을 대략 이해했다. 너도 내게 무릎을 꿇고 빌었다. 나도 네게 무릎을 꿇고 빌었으니 서로가 '쌤쌤'이라고 했다. 시라가 방문을 차고 미친 듯이 나왔다. 자존심을 참지 못해서인가 맹수처럼 내게 달려들었다. 무릎을 꿇고 있는 내 등을 발로 걷어찼다. 꼬꾸라진 내 머리채를 두 손으로 움켜쥐고 그녀의 침실로 질질 끌고 들어갔다. 밖에서 문 잠그는 소리가 났다. 그것은 시라와 나를 방에다 가두는 소리였다. 내 머리채를 그녀의 침대 위에 쑤셔 박고는 휘청거리며 실신한 사람이 되어 벽을 두드렸다. 벽이 미끄러지면서 다른 방이 나왔다. 벽이 아니라 또 다른 어떤 밀실로 들어가는 문이었다. 시라가 방으로 나를 밀어 넣었다. 더듬거리는 그녀의 손놀림에 흐릿한 불빛들이 이곳저곳에서 빛을 내고 둥근 샹들리에가 번쩍거리며 서서히 돌았다. 음악이 흘러나왔다. 시라는 음악에 맞춰 춤을 추기 시작했다. 음악은 코브라 춤을 추게 하는 집시 음악 같았다. 시라의 몸짓은 그만의 특이한 춤이었다. 괴로움과 외로움, 슬픔과 고통, 분노와 증오, 모두가 혼합된 몸짓으로 춤을 추고 있었다. 시라는 춤이 끝나자 지친 듯 내게 쓰러졌다. 신음하며 람부탄을 찾고 있었다. 탈출은 불가능했다. 시라는 람부탄을 맛있게 먹고 있었다. 괴물은 비좁고 어두운 동굴 속을 헤쳐 나가려 애를 쓰고 있었고 시라는 혼신을 다하여 괴물을 도와주었다. 마침내 험한 동굴을 빠져 나온 괴물은 바다가 보이는 벼랑 끝으로 나왔다. 어둠 속에서 몇 십 년을 기다렸다는 듯이 온몸을 추슬러 힘껏 아주 힘껏 바다 속으로 뛰어 내렸다. 시라가 박수를 치며 기뻐했다. 나는 태어나 처음으로 괴물의 주인이 되었음을 알았다. 그때 아라비아의 밤이 이렇게 아름다울 수가 없었다. 그 밤은 모두가 신의 창조였다. 어디선가 신을 부르는 소리가 은하수를 타고 길게 메아리 되어 돌아오고 있었다. 나는 이 세상에 태어나 가장 행복한 날이었다고 미친 듯이 소리치고 또 소리쳤다.